감성스피치는 인생을 바꾼다

감성스피치는 인생을 바꾼다

초판인쇄 2023년 2월 21일
초판발행 2023년 2월 24일

지은이 이소희
발행인 조현수
펴낸곳 도서출판 더로드
기획 조용재
마케팅 최관호 최문섭
편집 이승득
디자인 토다

주소 경기도 고양시 일산동구 백석2동 1301-2
        넥스빌오피스텔 704호
전화 031-925-5366~7
팩스 031-925-5368
이메일 provence70@naver.com
등록번호 제2015-000135호
등록 2015년 6월 18일

ISBN 979-11-6338-357-4 03810

정가 16,800원

감성스피치는

인생을 바꾼다

이소희 지음

도서
출판 **더 로드**
The Road Books

"혀는 머리와 가슴의 펜이다. 그 펜은 상대의 머리와 가슴에 말을 새긴다."

혀는 연필이 아니라 잉크에 찍어 쓰는 펜이다. 한 번 쓰면 지우개로 지울 수 없다. 그런 만큼 중요하며 신중해야 한다. 머리와 가슴은 잉크다. 혀를 통해 생각과 마음에 있는 것이 상대에게 보인다. 그렇기에 혀는 자신의 인격을 쓰는 펜이다. 입속에 있을 때는 자신의 것이지만, 입 밖으로 나오면 상대방의 것이 된다.

"인간(人間) 사이에 스피치가 있다."

인간(人間)이라는 말은 사람 인(人)에 사이 간(間)을 쓴다. 한 마디로 사람 사이라는 의미다. 사람과 사람 사이에 있는 것이 '스피치'

다. 그렇기에 스피치는 사람이 만나는 어디에나 필요하다. 사람이 밥을 먹지 않으면 살 수 없듯이, 사람 사이(人間)에 스피치가 없으면 관계를 지속할 수 없다. 인생을 살아가는 데에 있어 밥처럼 중요한 것이 스피치다. 인간관계에서 가장 중요한 것이 말이다.

"말씀은 곧 하나님이시다."

이 말은 성경 요한복음 1장 1절 말씀이다. 성경에 따르면 하나님은 말씀으로 천지창조를 했다고 한다. 말이 곧 하나님처럼 중요하다는 의미다. 현시대는 과거 어느 때보다 더욱더 말이 중요하다. 선거에서 말이 당락을 좌우하며, 회장 선거라든지, 영업하면서 고객을 설득할 때라든지, 인사말, 면접, 자기소개할 때라든지, 하물며 초등학교 반장 선거에서도 당락을 좌우할 만큼 말이 중요하다. 말을 잘못하면 오해가 생기기도 하고 좋은 관계가 단절되기도 한다. 반면에 말을 잘하면 사람의 가슴과 가슴 사이에 강을 만들고 정이란 강물을 흐르게 할 수 있다.

"누구나 말을 잘하고 싶어 한다."

누구나 말을 잘하고 싶어 한다. 하지만 자기 생각을 자신의 의도에 맞게 잘하는 사람은 그리 많지 않다. 말을 많이 하는 것과 말을 잘하는 것은 다르다. 말이 많은 경우는 설득력 있게, 조리 있게 말하지 못하여 말이 장황하여 길어지는 것을 의미하는 경우가 많다. 말을 잘못하면 오히려 역효과가 난다. 정치인 중에 말을 잘못하여 낭패를 당하는 경우를 우리는 수도 없이 보아왔다. 또한, 이 글을 읽는 독자도 말실수하여 곤경에 처한 경우를 겪어보았을 것이다. 말은 살아가는 데 있어 아주 중요하다. 그렇기에 누구나 말을 잘하고 싶어 한다. 말을 잘하는 방법이 있을까? 물론 있다. 방법을 찾으면 얼마든지 찾을 수 있다. 단지 찾지 않을 뿐이며, 노력하지 않을 뿐이다. "찾으라 찾을 것이요. 문을 두드려라, 그리하면 열릴 것이다." 말 잘하는 방법은 틀림없이 존재한다. 이 책을 통해 필자와 함께 말 잘하는 방법을 찾아보자. 그러면 분명 말 잘하는 방법을 찾을 수 있을 것이며, 독자의 말 잘하는 입의 문이 열릴 것이다.

"사람이 가지고 다니는 것은 말뿐이다."

부자는 금을 들고 다니지 않는다. 석, 박사도 학력을 들고 다니지 않는다. 들고 다니는 것은 말뿐이다. 처음 만난 자리에서 그 사람을 판단하는 것은 말이다. 말투에 인성이 묻어난다. 진정성 있게 말하는 사람은 믿음이 가고 괜찮은 사람이라 인식한다.

"스피치는 예술이다."

스피치는 그 사람 마음속에서 나오는 알갱이 소리다. 그래서 스피치는 사람의 내면에서부터 시작한다. 스피치는 말뿐만 아니라 제스처 등 말에 수반하는 모든 행위를 총칭하는 개념이다. 미술과 문학이 예술이라면, 표현 방식만 다를 뿐 스피치도 예술이다.

스피치는 말과 행동에 날개를 달아준다.
스피치는 마음에서 마음으로 흐르는 소통의 강물이다.
스피치는 생각 속에서 솟아나는 것을 자신감으로 표현하는 성공의 핵심이다.
스피치는 인격의 실체이며, 삶의 철학이다.
스피치는 세상을 움직이는 동력이다.
스피치는 사회생활을 잘하게 하는 능력이며, 힘이다.

밥을 먹어야 생명이 유지되듯이 좋은 스피치를 해야 살아 숨 쉬는 인간관계가 유지된다. 주변을 둘러보면 말을 예쁘게 하는 사람이 예쁘게 잘살고 말을 부드럽게 상황에 맞게 하는 사람이 사회생활을 부드럽게 잘한다. 말을 책임 있게 하는 사람에게 신뢰가 가고 믿음이 간다. 건강한 신체에 건강한 정신이 깃들 듯이 건강한 사회는 건강한 스피치로부터 시작된다.

스피치를 잘하는 사람은 생각보다 그리 많지 않다. 왜냐면 전문적으로 교육받은 적이 많지 않기 때문이다. 학교의 교과 과정에도 스피치 잘하는 방법이 들어있지 않다. 그러다 보니 사람 앞에서 스피치를 꼭 해야 할 때 두려움부터 먼저 가지게 된다. 반면에 스피치를 잘하는 사람은 그 상황을 적절하게 활용한다.

여러 사람 앞에서 말할 때만이 아니라 일상생활에서도 사람을 만나면 말을 하게 된다. 말을 잘하는 사람은 여러 면에서 좋은 평가를 받는다. 반면에 말을 제대로 못 하는 사람은 자신의 의사를 제대로 표현하지 못해 답답해한다. 그리고 '제발 나도 말 좀 잘했으면 좋겠다'라는 생각을 하게 된다. 아무리 좋은 보석을 품고 있어도 내어놓지 않으면 남들은 알아주지 않는다. 표현하지 못하면 전달할 수 없다.

우리는 말을 언제 배웠던가? 초등학교부터 대학 다닐 때까지 말을 체계적으로 배운 적이 한 번이라도 있었던가? 말 잘하는 법이란 과목이 있었던가? 말의 첫 번째 시작은 모(母)국어이다. 태어나서 엄마의 말을 처음 접한다. 엄마의 심성과 목소리 말투로 한 개인의 스피치 인생이 시작된다. 두 번째는 자라나는 환경이다. 가정 환경이나 주변이 긍정적이거나 자연스러우면 말에 여유가 있고 언어가 부드럽고 자연스럽다. 세 번째 지역어다. 팔도강산 지역별로 언어의 악센트와 국어의 표현이 다르다. 네 번째로는 같은 지역 같은 부모 밑에 자라도 개인의 타고난 기질 성향에 따라 말의 구성력과 말투 표현이 다르다. 다섯 번째로 직업이다. 직업에 따라서 말이 없거나 적은 현장이나 거친 직업이나 서비스 직업 등 직업 환경에 따라서 말이 다르다. 이러한 요인으로 살아가면서 스피치를 스스로 터득한다. 스스로 터득한다는 말에는 체계적으로 배우지 못한다는 의미가 포함된다.

그렇기에 개인차가 심하다. 말을 잘하는 사람과 말을 잘못하는 사람은 구분된다. 객관적인 관점도 있겠지만 주관적인 관점도 있다. 자기 스스로 말을 잘못한다고 생각하면 자신감이 떨어진다. 그러면 자신이 원하는 삶을 사는 것이 아니라 남의 주도하에 끌려가는 삶을 살게 된다. 말도 체계적으로 공부하고 연습하면 잘할 수 있다. 말을 잘하는 것은 삶을 살아가는 중요한 무형의 자산이다. 어떤 스펙보다 더 중요한 강점이 된다. 말 잘하는 사람은 보는 사람에게 신뢰감과 믿음이라는 아우라를 느끼게 만든다. 그렇게 중요한 말을 좀 더 잘하기 위해 한 번이라도 노력한 적이 있는가? 살아가면서 생활에 불편을 느낀다면, 가령 전기와 수도에 문제가 생겼을 때나, 몸이 아플 때나, 무언가를 배우고 싶을 때 전문가를 찾는다. 그런데 말을 잘하기 위해 왜 전문가를 찾는 등 노력하지 않는가?

인생을 살다 보면 말을 잘해야만 하는 중요한 시점을 여러 번 부닥치게 된다. 가령 사랑을 고백할 때나, 입시나 입사 면접을 볼 때나, 진급 시 인터뷰나, 회의 시 프레젠테이션을 할 때나, 무대에서 발표할 때 등 중요한 시점마다 스피치가 필요하다. 다른 말로 하면 스피치가 인생을 좌우하기도 한다는 것이다. 스피치를 미리 준비해야 하는 이유이다. 스피치는 교육을 받거나 훈련을 통해 누구나 잘할 수 있다. 체계적인 스피치 훈련을 통해 말을 잘하게 되는 것은 인생 혁신 내지는 인생 혁명이라고까지 표현할 수 있다.

언어의 사전적 정의는 음성 또는 문자를 통하여 사상과 감정을 표현하며, 의사를 전달하는 일종의 행위를 말한다. 언어는 음성언어와 문자 언어가 있다. 스피치는 음성언어가 기본이며 문자 언어는 보조 역할을 한다. 대화, 연설, 강연, 강의뿐만 아니라 행사 시에 기념사, 축사, 환영사를 낭독할 때 등 모든 말하기를 총칭한다. 스피치를 하기 전 대본을 만들 때 문자가 필요하다. 그렇기에 음성언어와 문자 언어 모두 스피치의 개념에 포함된다.

감성스피치는 인생을 바꾼다

스피치를 잘하면 성공적인 삶을 살 가능성이 스피치를 못 하는 사람에 비해 월등하게 높아진다. 또한, 스피치는 삶의 질을 결정한다. 스피치를 잘하는 것은 성공하는 지름길을 걷는 것과 같다.

스피치 역량은 전문가의 지도를 받으면 향상된다. 하지만 바쁜 일상에서 누구나 전문가의 지도를 받기란 쉽지 않다. 그렇기에 말을 잘할 수 있게 하는 책이 필요하다. 그것이 이 책을 쓴 이유다. 이 책에는 스피치 교육 현장에서 수많은 스피치 교육을 시행한 필자의 경험이 들어있다. 이 책은 스피치 이론뿐만 아니라 작가가 직접 교육하며 경험한 스토리 위주로 썼기에 쉽고 재미있게 독자에게 다가갈 것이다. 그렇기에 이 책을 읽는다면 스피치란 무엇이며, 어떻게 하면 말을 잘하게 되는지를 경험하게 될 것이다.

'나도 말! 말! 말! 좀 잘했으면 좋겠다'라는 생각을 한 번이라도 해 본 사람이 이 책을 읽는다면 스피치를 잘하게 되는 데에 많은 도움이 되리라 믿는다.

차
례

제1장

'스피치'라는 날개를 달고 비상하다

제 1 장

'스피치'라는 날개를 달고
비상하다

500명의 가슴 속에 쏜 '스피치'라는 화살

2003년, 지금처럼 스피치 아카데미 교육원을 전문적으로 운영할 때가 아닌, 헤어디자이너로 활동하며 'GH 미용 세계 토탈미용실'을 운영하고 있을 때 울산 근교에 있는 춘해대학으로부터 한 통의 전화를 받았다. 그동안 산학 협동을 하기 위해 울산에 있는 미용업체 50여 곳과 접촉했는데, 진행이 잘되지 않는다고 했다. 전화를 받고 산학 협력 체결은 미용업체와 춘해대학 모두에게 좋은 일이란 생각이 들었다. 미용업체 측에서 보면, 울산의 좋은 인재를 타지에 보내지 않고, 인원을 보충할 수 있는 이점이 있었다. 당시 울산에 있는 업체들은 스텝이나 디자이너 수가 부족해서 미용실 인력 수급에 어려움을 겪었다. 부산이나 서울 등 외지에서 디자이너를 구하기도 했는데, 외지의 디자이너도 울산에 가면 월급을 많이 받는다는 소문을 듣고 울산으로 오는 것을 선호했다. 그런데 그 중에는 부적격자도 포함되어 있어 미용업체에서는 곤란한 상황을 겪기도 했다. 춘해대학 측에서 보더라도 졸업생이 울산에서 취업할 수 있어, 서울, 부산 등 멀리 가지 않아도 되는 이점이 있었다.

당시 나는 울산 미용업 협회에 회장이나 구역장 등 아무런 직함은 없었지만, 내가 운영하는 업소는 하루에 고객이 백여 명이나 몰려드는 바쁜 업소로 소문이 나 있었다. 아마도 그와 같은 소문을 듣고 춘해대학에서 전화한 것 같았다. 춘해대학 담당자와 전화 통화한 후, 울산광역시 5개 구 회장에게 협조를 구했다. 그러자 모두 적극적으로 협조해 주었다. 그 덕분으로 1주일 만에 50개 미용업소와 춘해대학 사이에 산학 협동을 체결할 수 있었다.

그 일을 고맙게 여긴 춘해대학 학장님이 산학 협동을 체결한 원장들과 저녁 식사를 하고 싶다고 하여, 함께 식사하게 되었다. 그 자리에서 학장님은 감사하다는 인사말을 하면서,

"그동안 춘해대학에서 산업체와 협력 체결을 하려고 몇 번이나 시도해도 안 되었습니다. 그런데 이소희 원장님이 나서자 1주일 만에 50개 업소와 협력 체계를 이루게 되었습니다. 감사드립니다."

라고 말하며 나의 소감을 듣고 싶다고 했다.

"춘해대학에서 산학 협동을 하고 싶다는 이야기를 듣고 여기 모이신 미용업체 원장님께 연락드리니 모두가 두말없이 승낙하고 가

입해 주셨습니다. 또한 미용업체도 좋고 학교도 좋고 졸업생과 그 부모까지 좋으니 일거사득입니다. 모두가 윈-윈 하는 것이며, 시너지 효과도 극대화될 것으로 기대합니다."

얼마 뒤, 춘해대학에서 졸업을 앞둔 학생에게 특강을 해달라는 연락이 왔다. 취업 나갈 때 어떻게 해야 하는지, 어떻게 적응해야 하는지, 미용인으로 어떻게 하면 성공할 수 있는지에 대해 3시간 특강을 해달라는 것이다. 일단 기분이 좋았고 가슴이 마구 뛰었다. 하지만 지금까지 대학교에서 강의해 본 적이 없어, 한편으로는 두렵기도 했다. 그것은 기분 좋은 두려움이었다.

강의에는 자신이 있었다. 많은 사람 앞에서 강의해 본 경험이 있었고, 미용인 세미나나 워크숍을 할 때면, 언제나 팀장이나 리더를 맡은 경험이 있었기 때문이다. (세미나를 할 때면 팀원과 함께 팀의 이름과 팀 구호를 만들어야 했는데, 그때 필자가 제시한 아이디어가 대부분 채택이 되었고, 그로 인해 필자가 팀장으로 추대된 적이 많았다.)

강의를 수락하고 3시간 동안 진행할 특강 내용을 생각하며 글로 쓰기 시작했다. 1주일 동안 쓰고 지우고 보충하기를 여러 번 반복하면서 원고를 썼다. 원고는 완성되었지만, PPT를 만드는 방법을 몰라서, 미용실에서 함께 일하는 매니저에게 원고를 보여주면서 부탁했다. 몇 번을 고치고 또 고치는 과정을 거쳐 결국 강의 자료를 완성했다. 특강이 있는 날 원고와 PPT 자료를 가지고 춘해대학으로 가는데, 발걸음이 날개를 단 것처럼 가벼웠고 그 이전에는 느껴보지 못한 가슴 설렘에 힘이 솟구쳤다.

강의 시간은 1시부터 4시까지였는데, 춘해대학에 도착하니 11시밖에 되지 않았다. 너무 일찍 도착해서 강의실 근처에 있는, 교무실 직원이 안내해 준 자리에서 가슴 두근거리며 기다렸다. 준비가 다 된 상태라서 약간의 여유를 즐기기도 했다. 지금 같으면 강의할 무대가 어딘지, 음향 마이크 상태는 어떤지, 단상의 상황과 내가 서야 할 포지션은 어디인지를 확인할 테지만 그때는 마냥 앉아서 시간만 기다렸다.

시간이 다 되어 강의실로 들어가니, 깜짝 놀랐다. 250명이나 되는 학생과 교수가 가득 모여 앉아서 웅성거리며 필자를 기다리고 있었기 때문이다. 갑자기 머릿속이 백지상태가 되는 백야 현상이 왔다. 어찌할 줄을 몰랐다. 지금 생각해 보면 현장의 기운에 밀린 것이다. 지금도 그날을 생각하면 영화의 클라이맥스 한 장면을 보는 것처럼 아찔하다.

소개를 받고 마이크를 잡았는데, 너무 어색했다. 평소 아침마다 미용실에서 직원을 모아두고 조회했고, 워크숍 가서도 많은 발표를 했는데, 그것과는 달랐다. 엄청난 사람의 시선 파도가 내게로 다가와 확 부딪쳐 덮치는 것 같은 느낌이 들었다. 이제까지는 작은 공간에서 아는 사람 몇 명을 앞에 두고 발표하는 것이 전부였다. 그것과는 차원이 달랐고, 마이크 소리가 필자의 목소리가 아닌 것 같아 귀가 멍했다. 그런 상황은 집에만 있던 소가 시끌벅적하고 복잡한 시장에 끌려 나와, 어리둥절해서 어찌할 바를 모르는 꼴이었다. 한 마디로 많이 당황했다.

이렇게 되니 현장은 웅성거렸고, 옆 사람과 떠드느라 잡담 강의실이 되어버렸다. 앞에 나와 있는 나를 아무도 보지 않을뿐더러, 존재가치도 없이 무시당하고 있다는 느낌이 들었다. 또한, 250명은 거대한 육지이고, 필자는 외딴섬이 된듯하여 절대 고독을 느꼈다. 한참을 내가 무너지는 백야 현상이 일어났다. 어쩔 줄 몰라 머뭇거리는데, 시끌벅적한 가운데 누군가 큰소리를 질렀다.

"야, 조용히 해."
라는 어떤 여학생의 강력한 외마디 소리에 주위는 일시에 조용해졌다. 그 소리가 내 귀에는
"야! 이소희 똑바로 해."
라고 야단치는 소리로 들렸다.

방법을 찾을 것인가? 핑계를 찾을 것인가?

3시간 동안 평소 나에게 다짐하듯 직원에게 교육하듯이 강의했다. 초반의 떨리고 엉망이 되었던, 백야 현상을 깨는 소리에 깨어나 (그 소리의 주인공은 춘해대학 과 대표 박진영이라는 학생이다. 후일 우리 가게로 와서 함께 근무했다. 필자를 자신의 인생 최초 멘토라고 말했으며, 지금도 소통하고 있다) 강의를 무사히 마쳤다. 그렇게 십년감수하면서 롤러코스터를 탄 듯한 강의를 무사히 마치자, 필자의 인생에 큰 획을 긋는 듯한 짜릿한 성취감이 밀려왔고 해냈다는 특별한 감정을 맛보았다.

강의를 마친 후, 담당 교수를 보고 가려고 교무실로 갔다. 그런데 교수는

"죄송하지만 예정에 없던 건데, 학생들이 강의가 너무 좋다고 했습니다. 저도 깜짝 놀랐습니다. 우리 학생들에게 꼭 필요한 살아 있는 생생함이 전달된 대단한 강의였습니다. 저녁 반 250명에게도 강의를 부탁드리고 싶은데 될까요? 해 주시면 정말 고맙겠습니다."

그 말을 들었을 때, 마음속에는 반가움과 할 수 있다는 각오를 이미 다지고 있는 나를 느꼈다. 춘해대학은 울산 시내가 아니라, 집에도 못 가고 그대로 또 한참이나 대기를 하다가 강의해야 했다. 같은 자리에서 똑같은 강의를 두 번째로 했기에 처음과는 달리 완

감성스피치는 인생을 바꾼다

전히 다른 느낌의 안정되고 확신에 찬 강의를 할 수 있었다. 중간마다 박수와 폭소도 새어 나왔다. 그리고 강의를 진행하는 중에 재미를 느끼며 여유 있게 즐기는 나를 발견했다. 어쨌거나 2003년 10월 8일 수요일은 500명을 대상으로 한 내 생애 첫 강의였으며, 내 인생의 역사적인 날이 되었다.

그날을 돌이켜 생각하면, 새 삶을 살게 된 느낌이라 할까, 힘겨우면서도 좋은 알 수 없는 희열을 느끼게 된다. 내가 꿈꾸지도 않았고 소망하지도 않았지만, 그 한 번의 경험은 잊을 수가 없다.

그 후 다시 하루에 백여 명의 고객을 대하면서, 여느 때와 같이 새벽이면 산을 올라 두 시간씩 체력 단련할 때 외엔, 현장에서 정신없이 많은 고객 속에 파묻혀 지냈다. 그러던 어느 날 춘해대학에서 연락을 받았다. 피부미용학과 전문과목의 '이론과 실기' 강의를 해달라는 내용이었다. 또 가슴이 철렁했다. 놀란 가슴을 쓸어내리며 안 한다고 거절하려 했다. 한 학기를 하려면 15강인데, 학점 매기고 매주 강의해야 한다니 온갖 생각이 뇌리를 스치면서도 승낙하고 말았다. 지금 와서 생각하면 대학교수는 하고 싶어도 아무에게나 기회가 오지 않는데, 그때는 그런 좋은 기회인 줄도 몰랐다. 오로지 지성의 전당 대학이란 곳에서 내가 학생들 앞에서 수업하는 것이 부담되었다. 걱정이 태산이었고, 강의 생각만 하면 긴장과 함께 등골에 진땀이 흘렀다.

지금 생각해 보면 나는 충분히 잘할 수 있었는데도 해 보지 않은 일이라 두려웠던 것이다. 세상일이 다 그렇다. 누구나 처음 하는 일은 자신이 어떤 상황에 부닥치게 될지 모르는 막연함 때문에 두렵다. 그렇기에 평소 자신감 있는 생활 자세가 중요하다. 그래야 기회가 왔을 때 망설이지 않고 잡을 수 있다. 자신감이 있는 사람은 방법을 찾고, 자신감이 없는 사람은 핑계를 찾기 마련이다.

배우며 가르치고, 가르치며 배운다

그렇게 떨고만 있을 상황이 아니었다. 시간이 얼마 남지 않아 준비해야 했기에 미국의 모 메이커 스피치 교육을 신청했다. 마침 스피치 수강 모집 기간이라 바로 돈을 보냈다. 경영자 CEO반과 일반인 반이 있었는데, 두 배로 비싼 CEO반에 등록했다. 참여해 보니 남자만 있었고 여자는 나 혼자였다. 수업을 받는 것보다 남자 속에 혼자 있는 것이 더 어색하고 힘들었다. 첫 수업을 마치고 동료끼리 모두 한잔하러 가는 분위기였는데, 나는 살짝 빠져나와 친구 혜영이 집으로 갔다. 그곳에서 친구 영선이도 불렀다. 친구들에게는 남자만 있어서라는 말은 못 하고 스피치 수업 내용이 너무 좋으니 같이 하자고 했다. 그리고 그날 배운 것을 부풀려서 재밌게 재현했다. 그랬더니 혜영이는

"나는 말을 너무 잘하는 사람은 꼭 사기꾼 같더라. 속이 깊고, 말을 좀 적게 하더라도 진지한 사람이 좋아. 난 하지 않을래."

라고 잘라 말했다. 옆에 있던 영선이도 같이 거들었다.

혜영이는 지식과 지혜가 뛰어나고 말할 때도 상황에 맞게, 조리 있게 잘하며 미모까지 뛰어나다. 남자들이 혜영이를 만나면 10분 만에 빠질 정도다. 나보다 작지만, 선배 같고 언니 같다. 영선이는 사단법인 단체장을 6년이나 맡아 봉사한 믿음직하고 의리 있고 솔직하며 용기 있는 친구다.

할 수 없이 고백했다. 사실은 대학에서 강의하게 되었는데, 강의에 자신이 없어 발등에 불이 떨어졌다. 그래서 스피치 강의를 받으러 가보니 남자만 있어서 수업도 받기 전에 숨이 막혔다고 솔직히 말하고는 도움을 청했다. 혜영이와 영선이는 내가 소처럼 일만 하고 술 한잔 먹지 못하는 숙맥인 걸 잘 알고 있기에, 고개를 끄떡이면서 승낙했다. 혜영이는 M 방송국에서 일주일에 한 번씩 방송하고, 영선이는 이미 난체장이니 둘 다 스피치 강의를 안 받아도 되는 수준이었다. 그래도 사회성이 없는 나를 잘 아는 친구들인지라 같이 가주겠다고 했다. 혜영이 스피치 수강료 전액은 내가 대신 냈다. 그렇게 하지 않아도 된다고 했지만, 친구들과 함께 하는 것이 좋아서 장학금이라고 말했다. 셋은 그렇게 모 외국 브랜드 스피치 리더십 과정을 다녔다.

매주 무대 앞에 나가서 자기소개하고, 숙제 발표하는 것이 떨리기도 했지만, 신선하고 재미있었다. 내가 제일 절박한데도, 제일 못했다. 내 차례가 되면 너무 많이 떨었고 준비해 간 내용도 다 발표하지 못하기도 했다. 매주 그렇게 수업에 임하고 발표하면서, 좋은 선생님에게 많이 배우고 응원도 받으며, 12주 동안 집중하다 보니 수료식 날이 되었다.

한 번도 지각 결석 없이 임했다. 그 결과 강사 만장일치로 성적 1위, 발전 1위로 1등 한 명만 받는 톱 배지와 금장 수료장을 받았다. 살면서 단체 1위는 많이 했어도, 단독 1등은 처음 해봤다.

그 후로도 국내외 유명한 스피치 과정은 거의 섭렵하다시피, 계속 등록하고 배우러 다녔다. 십 년이 넘도록 가르치기 위해서 끝없이 등록하고 또 배웠다. 처음 배웠던 브랜드 스피치는 6번이나 참관하면서 몇 년을 계속 배우고 또 배웠다. 그렇게 하다 보니 그 단체에서 부회장까지 되었다. 했던 것을 계속하는 근성과 끈기는 스스로 생각해도 대견했다. 그 후로도 목소리, 호흡 훈련, 소리 여는 통로 과정을 배우기 위해, 서울까지 1주일에 한 번씩 1년을 다닌 적도 있었다. 스피치 수업이 나에게는 대학 강의하는 데 구세주였다.

배우면 배울수록 점점 발전하고 무대 강의도 자연스러워져 짜릿함을 느꼈고 그것을 즐기고 있는 나를 발견했다. 강의하고 난 뒤 집에 와서 생각하면 '이 말은 꼭 해야 했는데' 하면서 빠뜨리고 와서는 안타까웠던 마음이 들었던 적도 많았다. 체크하고 확인하고 생각하고 준비해 간 말을 마음에 들게 했을 때는, 가슴이 벅찼다. 반복해서 스피치 교육을 받으면서 대학 강의하고, 직원에게 교육하면서 스피치의 매력에 푹 빠졌다. 그 매력은 무엇에도 비교할 수 없었다.

머리끝에서 발끝까지 자신만의 브랜드로

춘해대학 외래 교수로 외부 초청 강의를 한창 다니고 있을 때 J 스피치 교육원으로부터 강의 요청을 받았다.

"이소희 교수님 부탁 좀 드리려고 전화했습니다. 우리 교육원에서 지역 여성 CEO 대표님들을 대상으로 스피치 교육을 하고 있습니다. 그 과정 중에 '변화 혁신 마인드'와 '자기 관리 CS 이미지 컨실팅'이라는 과목이 있습니다. 그 강의를 부탁드리고 싶습니다."

이제까지 스피치 강의를 수강만 했는데, 스피치 교육원에서 강의 요청을 받으니 얼떨떨하기도 하고 가슴도 뛰었다.

"예, 알겠습니다. 최선을 다해 강의하도록 하겠습니다."

강의 주제는 '자신만의 독특한 브랜드를 만들라.'였다. 첫 강의에서

"사람은 소우주입니다. 저는 소 우주인의 신체에서 가장 높은 곳을 디자인하는 설치 미술가이며, 춘해대학 겸임교수 이소희입니다."

라고 인사한 후 강의를 시작했다.

자신의 브랜드는 머리끝에서 발끝까지 타고난 신체와 생김새 그리고 자신의 잠재의식 속에 숨어 있는 매력에서 먼저 찾아야 한다. 장단점을 찾아내 끌어내어 호감 이미지를 만드는 것부터 시작해야 한다. 인체에서 가장 높은 곳에 자리하고 있으며 인상을 결정하는 것이 헤어스타일이다. 어디서나 감출 수 없는 자신의 고품격 가치를 보여주는 상표다. 헤어스타일을 보면 그 사람을 알 수 있다. 그렇기에 헤어스타일부터 관리해야 한다. 일단 머리카락이 손상되고 영양이 없어 보이거나, 머리숱이 적어 보이면 왠지 궁핍하고 스트레스가 많은 사람처럼 보인다. 머리를 단정하게 안정감 있도록 보이게 관리해야 한다. 머리카락은 단백질로 구성되어 있다. 헤어스타일 관리는 매일 감는 합성계면활성제 샴푸부터 천연계면활성제 샴푸로 바꾸는 것에서 시작한다.

사람에게는 자신만의 독특한 향기가 있는데, 그 향기는 정수리의 두피에서 난다. 인체에는 많은 구멍이 있다. 큰 것이 입, 항문, 눈, 코, 귀이며 작은 것이 땀구멍이다. 많은 구멍 중에 정수리 두피에서 나오는 향이 그 사람에게서 나오는 고유한 향기를 결정한다. 그런데 어떤 사람은 향기가 나고 어떤 사람은 안 좋은 냄새가 난다. 어떤 생각을 하고 무얼 먹고 어떤 라이프 스타일로 사느냐에 따라 그 사람만의 고유한 냄새가 결정된다. 헤어스타일은 머리카락, 스타일뿐만 아니라 향기까지 관리하는 것을 말한다.

헤어스타일 강의를 한 후 이미지 브랜딩을 하기 위해서 현장에서 세 명을 무대 앞으로 불러내어 의자에 앉게 했다.

"모델이 되어 주셔서 감사드립니다. 중앙에 앉으신 모델님, 현재 스타일이 맘에 드시는지요?"

"아니요. 저도 멋지고 고급스럽게 될 수 있을까요?"

"어떤 점이 맘에 안 드세요?"

"무엇이 좋은지, 잘한다고 소문난 미용실에 가봐도 마음에 들지 않아 자신감이 떨어져 고민 중입니다."

다음으로 왼쪽에 앉은 사람에게 물었다.

"왼쪽 분은 본인 헤어스타일이 맘에 드십니까?"

"저는 이 스타일이 편해서 하고 있습니다. 그냥 1년에 펌 한번 해 줄 때 묶을 수 있도록만 잘라줍니다. 이게 제일 편합니다."

마지막 사람에게 물었다.

"자신의 헤어스타일이 마음에 드시나요?"

"예, 저는 헤어스타일에 평소 신경을 많이 쓰고 관리도 많이 합니다."

세 번째 여성은 디자인이 적당하고 머리카락의 질 또한 건강해 보이며 얼굴과 전체 신체에도 어울리는 헤어스타일이었다. 머리카락의 볼륨과 각도, 모질 처리, 컬러도 약간 와인색을 가미한 멋쟁이였다. 세 사람은 모두 비슷한 연령대였지만 모습은 많은 차이가 있었다. 세 모델에게 헤어스타일의 장단점을 말해주고는 자리에 들어가게 하고 말을 이어갔다.

"자기의 모습을 누가 제일 많이 보나요? 바로 자신입니다. 두 번째는 배우자를 포함한 가족이며, 그다음이 직장 동료, 그 외 이웃과 사회모임의 사람들입니다. 얼굴과 헤어, 표정은 상대방에 대한 배려입니다. 헤어스타일은 자기의 직업을 포함한 환경에 맞는 캐릭터로 만들어야 합니다. 20살은 누구나 예쁘고 30살은 예쁜 사람만 예쁘고 40살은 관리만 해도 예쁩니다. 50, 60대는 폐경 후라 젊음의 탱탱함과 단백질 호르몬은 빠져나가서 방치하면 겉늙어 보입니다. 어떻게 해야 할까요? 타고난 유전자, 신장, 몸무게, 얼굴의 크기와 각도, 이마, 눈썹, 코, 입, 턱 라인, 목, 어깨, 성격 등 자기 모습을 진단하고 전문가의 코칭을 받아 자신과 합당한 아름다움으로 관리해야 합니다."

라고 말하며, 헤어스타일로 자신의 브랜드를 만들어야 한다는

감성스피치는 인생을 바꾼다

내용으로 강의를 마쳤다. 청강생들의 반응은 아주 뜨거웠다. 강의가 끝난 후 교육원 원장은

"와, 깜짝 놀랐어요. 강의를 이렇게 겁도 없이 잘하시면 스피치를 가르치는 전 뭐가 됩니까?"

라는 농담 반 진담 반의 말을 했다. 나도 나에게 놀랐다. 늘 하던 대로 말했기 때문에, 저절로 말이 술술 나와서 청중이 공감을 많이 한 것 같았다. 강의 후에 많은 여성 CEO들이 내가 운영하는 'GH 미용세계'로 찾아와서 이미지 컨설팅 관리를 받는 고객이 되었다.

그것이 인연이 되어 우리 고객 중에 스피치가 필요한 학생, 주부, 남성 고객도 J 스피치 교육원에 소개해 주었다. 그러다 보니 J 교육원 부회장 직함까지 갖게 되었고, 교육원에서 하는 행사 진행자로, 때론 봉사자의 일원으로 활동을 많이 했다. 나에겐 스피치 강사로서 성장할 기회가 된 것이다.

어딜 가면 속없이 맹하니 잘 웃는 성격이라 누군가 분위기 좀 띄워 달라고 하면, 부회장 직함을 달고 가서 해 주었다. 워크숍, 야유회, 소풍, 문화제 탐방 때는 레크리에이션 MC를 했으며, 크리스마스 행사, 송년회 등 많은 행사의 진행을 맡아서 했다.

특히 기억에 남는 일이 하나 있다. 학교 멘토 교육을 하기 위해 울산에 있는 한 여자고등학교를 방문했다. 12명의 강사가 한 사람

이 두 반씩 맡아서 했는데, 강의가 끝난 후 설문조사에서 내가 들어간 반이 호응도 점수가 제일 높았다. 기분이 너무 좋았고 보람도 느꼈다. 당시 모 방송국 아나운서도 같이 들어갔는데 내가 더 높게 나와서 자신감을 많이 가지게 되었다. 그러면서 스피치는 나의 체질과 꼭 맞는다고 생각했다.

그러다 모 스피치 프랜차이즈 울산지회를 맡게 되어 독립하게 되었을 때, 그 원장님은 웃음 강의나 레크리에이션 강의만 하고 스피치 강의는 하지 말 것을 요구했다. 의외의 참견에 약간 당황했다.

"저는 자유인이고 독립인입니다. 원장님과는 선의의 동반자로 서로 윈-윈 하면 더 좋을 것 같습니다."

라고 했다. 그래도 그분은 집요하게 스피치 강의는 하지 말아 달라고 했다. 내가 스피치 교육을 하면 자신의 교육원이 타격을 입게 될 것을 우려한 탓이었다. 난 '참 귀여운 분이구나'하고 생각하며 마음을 내려놓았다.

지금 대학교에서 강의하며 감성 스피치 아카데미를 운영하고 있다. 각종 장소 각 지역에서 특강하고 있으며, 자격증 발급기관으로 선정되어 현재 천 명이 넘는 인원에게 자격증을 발급했다. 그리고 소문을 듣고 전국에서 찾아오는 수강생이 끊이질 않고 있다.

제 2 장

망망대해에서 바른길을
찾아주는 나침반, 스피치

　말을 잘하는 것은 말을 많이 하는 것을 의미하지 않는다. 스피치 교육은 말을 잘하게 만든다. 그렇다고 말 잘하는 기술만 가르치지 않는다. 말은 생각을 입으로 표현한다. 생각이 논리적이지 못 하면 절대 말을 논리적으로 할 수 없다. 그렇기에 스피치 훈련에 선행되어야 하는 것은 생각 훈련이다. 생각을 훈련하기 위해서는 먼저 자신의 내면을 들여다보아야 한다. 내면을 들여다본다는 것은 과거 경험으로 형성된 생각의 밑바탕을 직면하여 새로운 의미를 부여하는 것에서 시작한다. 의미 부여는 상식적이어야 하며, 객관적이어야 한다.

　과거 어떤 일을 갑자기 당했을 당시에는 경황이 없기에 주관적 혹은 본능적으로 대응하는 경우가 많다. 하지만 시간이 흐른 뒤에 그 일을 다시 생각할 때는 여유를 가지고 돌아볼 수 있다. 다시 말하면 상식적이고 객관적인 관점에서 다시 생각해 볼 수 있게 되는 것이다. 시간을 가지고 깊이 있게 생각하면 일이 일어날 당시에는 생각지도 못한 것을 깨닫게 되며, 제대로 된 판단을 할 수 있게 된다. 그것이 과거 사건에 새롭게 의미를 부여하는 것이며, 그러한 과정이 생각 훈련이다. 이런 생각 훈련 과정을 제대로 거쳐야 생각 세계의 감성, 인성, 감정의 근육이 형성되고, 논리적이며 이치에 맞게 말을 할 수 있다. 그것이 말을 잘하는 것이며, 스피치 교육의 목표다.

　인생을 살다 보면 망망대해에 홀로 내던져진 것 같은 막막한 느낌이 들 때가 있다. 어디로 가야 할지 몰라 제 자리만 뱅뱅 돌다 보면 절망하게 되고 지치게 된다. 그때 필요한 것이 가야 할 항구의 방향을 알려주는 나침반이다. 스피치는 망망대해에서 가야 할 방향을 알려주는 나침반과 같다. 많은 사람이 스피치를 통해 절망을 극복했다. 스피치를 잘하게 되면 자신감이 생긴다. 반대로 이야기하면 자신감이 있으면 스피치를 잘하게 된다. 스피치는 밖으로 드러나는 부분이며, 자신감은 속에 있는 드러나지 않는 부분이다. 둘은 동전의 양면처럼 인과관계를 지닌다. 스피치라는 나침반으로 자신감을 가지게 되어 자신의 길을 찾은 몇 가지 사례를 소개하고자 한다.

우울증을 넘어 프랜차이즈점 CEO로

'신장 165cm, 몸무게 87kg, 동그란 얼굴에 불룩한 풍선형 복부, 우울증과 공황장애, 늦잠꾸러기, 연애와 결혼 포기, 무기력증' 어떤 청년이 나를 찾아왔는데, 그와 상담하며 필자가 메모한 내용이다. 이런 그가 스피치 교육을 받고 새벽형 인간으로, 몸무게 11kg을 감량한 프랜차이즈점 CEO로 바뀌었다. 이 이야기는 어느 어머니와 아들의 이야기이다.

어느 날 단정한 모습에 얼굴이 예쁜 중년의 한 여성이 필자가 운영하는 감성 스피치 아카데미 교육원에 찾아와 수강 등록했다.

"스피치를 배우려고 오셨는데 이유를 물어봐도 될까요?"
"예, 저는 남 앞에서 말을 못 하고 자신감도 없습니다. 자식에게도 어떻게 말을 해야 할지 몰라 걱정만 하고 있습니다. 지인이 여기서 교육을 받고 성격이 변하는 등 자신이 완전히 바뀌었다고 말하며 소개해 주었습니다. 하지만 소개를 받고 여기까지 오는 데 3년이라는 시간이 걸렸습니다.
저는 해운대에서 사업하고 있는데 영업시간이 오전 9시부터 저녁 12시까지라서 시간 내기가 어렵습니다. 그렇지만 스피치 교육은 꼭 받고 싶네요. 혹시 새벽에 수업해 줄 수 있는지요?"

"물론입니다."

그렇게 해서 매주 수요일 새벽 6시에서 8시까지 수업하기로 했다. 멀리 해운대에서 오는데도 한 번도 지각하거나 결석 없이 성실하게 수업에 임했다. 첫 수업은 앞으로 나와서 자기소개하는 시간인데, 무대로 나오라고 하니 대답 없이 한참 동안 정적이 흐른 후에 겨우 한마디 하는 말이

"앞에 나가서 저를 소개해 본 적이 없습니다."
말끝을 흐렸다. 그때 교육원에는 나와 그녀 두 명만 있었다. 그런데도 앞으로 나오지 못했다.
"앞에 나와서 평소에 말하던 대로 하시면 됩니다."
라고 했지만, 30초, 1분, 5분이 지나도 나오지를 못했다. 자리에서 무대까지의 거리는 5m밖에 되지 않았다. 자신감이 최저 수준이란 걸 감지하고
"무대로 나와 남 앞에서 말하는 것은 누구에게나 두려운 일입니다. 그것을'발표 불안증'이라 하는데, 차이가 있을 뿐 두려워하지 않는 사람은 없습니다. 해 보지 않았기 때문에 어려운 것입니다. 잘못된 것이 아니라 당연한 일입니다."
라고 말하며 전에 이와 비슷한 회원을 교육한 사례를 하나 들려주었다.

"모 은행에 20대에 입사해서 정년퇴직을 앞둔 한 사람이 있었습니다. 그는 은행에서 상위 10% 안에 들어갈 정도로 좋은 성과를 내었습니다. 퇴직 2주를 남겨두고 어떻게 그런 좋은 성과를 내었는지에 대한 노하우를, 퇴직하는 날 무대에서 이야기해 달라는 요청을 받았습니다. 그런데 그 말을 듣는 순간부터 그는 심각한 고민에 빠졌습니다. 평생 그런 경험이 없어 남 앞에서 이야기하기가 두려웠던 것입니다. 도저히 할 수 없을 것 같아 그것을 피하려고 정년퇴직 며칠을 앞두고 회사를 그만두겠다고 결심하고, 사직서를 가슴에 품고 저를 찾아왔습니다. 아는 지인 소개를 받고 마지막이라는 심정으로 저를 찾아왔다는 것입니다. 저는 그 사람에게 님에게 한 말과 똑같은 말을 했습니다.

누구나 앉아서 말하기는 쉽지만, 무대에 나가 다른 사람 앞에서 말하는 것은 해 보지 않은 사람에게는 두려운 일입니다. 청중이 무서워 절대 할 수가 없을 것 같은 생각이 들며, 상상만 해도 숨이 막히고 심장이 떨리는 느낌이 들 것입니다. 심하게는 잠도 안 오고 불안하여 길팡질팡하기도 합니다. 사람은 뱀을 무서워하는데 땅꾼에겐 그저 뱀은 뱀으로만 보입니다. 경험 없는 사람에게 무대에서 남 앞에 강의한다는 것은 뱀을 보고 무서워하는 심경과도 같습니다. 하지만 뱀의 특성을 알고 뱀을 대하면 뱀은 무서운 동물이 아니라 집에서 키우는 반려견이나 다를 바가 없습니다. 저를 믿고 따라주시면, 강연을 잘하게 될 것입니다.

강의해야 하는 날이 며칠 남지 않아 그분은 속성으로 스피치를 배웠습니다. 출근해야 하니, 님처럼 새벽에 와서 배웠습니다. 처음에는 앞에 나와 벌벌 떨었습니다. 그래서 앞에 서는 것부터 연습했습니다. 서는 것이 조금 익숙해지고 난 뒤 동작과 소리를 하게 했습니다. 그리고 "할 수 있다. 내 인생의 전성기는 지금부터 시작이다."를 큰 소리로 반복하여 외치게 했습니다. 또한, 발표할 원고를 가지고 오라고 해서 원고의 문구마다 동작 부호를 넣어서 지도했습니다. 어느 시점이 되자 그분은 스스로 할 수 있겠다는 생각이 든다고 말했습니다. 많은 연습을 하고 난 뒤 정년퇴임 자리에서 성공적으로 강의했습니다. 그곳에 모인 사람의 반응은 폭발적이었으며, 많은 사람이 감동했다고 말해주었다고 합니다. 그리고 그분은 스피치의 힘을 실감했다고 합니다. 교육을 받으면 누구나 스피치를 잘할 수 있습니다. 앞으로 나오시기 힘들어하시니 그 자리에서 일어나셔서 제가 선창을 할 테니까 그대로 따라 하시면 됩니다."

그렇게 사례를 말하자 조금 마음을 여는 것 같았다.

"오른손을 올리고 선서하겠습니다. 저를 따라 해 주십시오."

선서!

하나 지금부터 나를 내려놓는다.

하나 지금부터 나의 마음을 연다.

하나 지금부터 나는 나를 비운다.

하나 지금부터 나는 나를 채운다.

하나 지금부터 나는 나를 깨운다.

하나 이 과정으로 반드시 변화한다.

다른 사람보다 더디기는 했지만, 그래도 그녀는 즐겁게 수업에 임했다. 결과적으로 스피치를 매우 잘하게 되었으며, 노래도 배우고 작가로 등단도 하는 등 아주 자신감 넘치는 사람으로 바뀌었다.

아들 이야기

스피치를 통해 자신감을 갖게 되자 그분은 아들 이야기를 했다.

"어릴 때 이혼하여 헤어진 아들이 있는데, 아버지가 키우다 지금 저에게 와있습니다. 어릴 때 직접 키우지 못한 죄책감으로 걱정만 하고 할 말도 못 하고 있습니다. 또한, 아들은 어릴 때부터 엄마의 사랑을 받지 못해서인지 모든 것에 의욕 없이 하루하루 무의미한 생활을 하고 있어요. 그런 아들을 바라보는 마음이 무척 안타깝네요. 아들을 이곳에 데려와 이소희 교수님의 강의를 듣게 할 수만 있다면 아들이 변할 것 같은데 어떻게 데려오느냐가 문제입니다. 제 말을 듣지도 따르지도 않으니 고민입니다."

어느 날 지인이 시골에서 직접 농사를 지어서 나에게 선물로 준 쌀이 두 자루 있는 것에 착안해서

"제가 쌀 한 자루를 선물로 드릴 테니 무거워서 들 수 없다는 핑계를 대고 아드님이 와서 들고 가라고 하세요."

아들을 자연스럽게 교육원으로 오게 하려고 머리를 썼다. 아들이 방문했을 때 20분 동안 차를 마시면서 자연스럽게 말을 나누었다. 어머니가 화장실에 가고 없을 때, 아들에게

"어머님께서 아드님에게 아주 미안해하고 서먹서먹해서 소통도 잘못하겠다고 고민하고 계시더군요. 자연스럽게 말도 하고 친해졌으면 좋겠다고 하셨어요. 어머님께서 속으로만 아드님을 아주 많이 좋아하고 걱정하는 모습이 제가 보기에 안쓰럽네요. 아드님이 어머님 마음을 좀 알아주었으면 좋겠다고 생각했는데, 오늘 이렇게 얼굴을 보여주시면서 나타났네요. 어머님의 진실한 마음을 알아주셨으면 좋겠어요."

그사이 어머니가 와서 말이 끊겼다. 며칠 후 아들이 찾아왔다.

"어머니 이야기를 듣고 스피치 교육을 받기로 결심했습니다."

그런 후 아들과 상담했다. 이 글 처음 내용이 아들과 상담한 후에 메모한 글이다.

나는 아들의 체중부터 줄여주어야겠다고 생각하여 교육을 시작하는 날

감성스피치는 인생을 바꾼다

"우리 집에 저울이 많이 있습니다. 하나 선물로 드릴게요."
하면서 체중계 하나를 선물했다.
"이제 나는 돈을 받았기 때문에 코치를 강하게, 아프게, 깊게, 크게, 포괄적으로 할 것입니다."

라고 말하며 교육을 시작했다. 수업 미션으로 리포트를 작성하게 하고는, 2부를 준비하여 한 부는 나에게 제출하라고 했다.
먼저 '단어 릴레이 주고받기'게임을 하며 마음 열기를 시작했다. 많은 수강생이 처음에는 대부분 말을 잘하지 않는다. 입이 열려야 마음이 열린다.

단어 릴레이 주고받기는 입을 열게 하는 데 아주 효과가 있다. 방법은 내가 한 단어를 말하며 수강생과 하이 파이브를 하면 수강생이 한 마디를 받아서 하며 하이 파이브를 하는 형식이다. 얼마간 말을 주고받다가 내가 상대방에게 단어 하나를 던진다. 그러면 수강생은 30초 내이로 내가 던진 단어를 소재로 이야기를 만들어 내야 한다. 간단한 스토리텔링을 유도하는 것이다. 그렇게 말과 이야기를 주고받으면 재미있고 입이 열리고 마음이 열린다.

그러면 자신의 과거 이야기와 자기 속의 이야기도 말하게 된다. 말을 주저하거나 재미없을 때, 질질 끌 때는 종을 작게 두 번 치며 경고하고 영 말이 막히면 종을 크게 한 번 쳐서 끝내게 하는 교육 스킬이다.

수업을 마치면서 단어 과제를 낸다. 생각나는 어떤 단어라도 좋으니 적어오라고 한다. 적어 온 단어만 보아도 그 사람의 생각을 어느 정도 읽을 수 있기 때문이다. 아들은 숙제를 너무너무 잘해왔다.

다음으로 무대에 나가 말을 하게 만들었다. '단어 릴레이 주고받기'가 마음의 문을 열기 위해서라면 무대에 나가 말을 하는 것은 몸의 문을 열기 위해서다. 인사를 하고 손놀림을 코치하며, 굿뉴스를 주요사마 (주의 끌기, 요점, 사례, 마무리)로 말하게 했다. 이때 부정적인 이야기가 하나라도 말하면 정지시키며 한 대목 한마디씩 또박또박 아나운서처럼 말하게 지도했다. (나중에는 손석희 같은 아나운서가 되고 싶다고 말하기도 했다.)

다음 과정으로 자기 분석을 하게 했다. '자기는 어떤 사람인가? 어떤 사람이 되고 싶은가?'를 말하게 하고 자신의 장점이 어떤 것이 있는지, 자신의 매력은 무엇인지, 단점이 무엇인지 생각나는 대로 2분 분량의 스피치 원고를 준비하게 했다. 가져온 원고에 손동작, 강조할 부분, 한 박자 쉴 때, 미소를 띨 때, 고개를 들 때와 같은 행동 부호를 원고 속의 단어마다 표시하여 코치했다.

좋은 스피치를 하려면, 먼저 좋은 생각을 해야 한다. 좋은 생각은 긍정적인 생각에서 나온다. 긍정적인 생각은 자신이 세상을 살

감성스피치는 인생을 바꾼다

아가는 이유를 알 때 나온다. 그래서 '왜 사느냐?' 이유를 생각해 보는 것이 중요하다. '왜 사는지'를 깊이 있게 생각해야, 행복한 삶을 살려면 어떻게 해야 하는지를 느낄 수 있다. 스피치를 잘하는 것은 곧 행복과 연결된다. 그래서 스피치 교육을 받는 사람에게 항상 긍정적인 생각을 하도록 유도한다. 행복에도 레시피가 있다. 행복은 웃는 것만으로 안 된다. 건강과 직업과 사랑이 있어야 한다. 그리고 자신만의 취미와 문화가 있어야 행복해진다.

　시간은 '똑딱똑딱' 가는 것이 아니라 '소멸소멸'사라지는 것이다. 자기 분석 과정과 함께 이루어지는 본 교육원의 프로그램이 '시간 매트릭스 과정'이다. 아들의 나이는 39살이었다. 1년 365일인데 39살이면 14,235일을 살았다. 다른 말로 하면 그날만큼 소멸한 것이다. 아들에게 물었다.

시간 매트릭스

"몇 살까지 산 것 같이요?"

"80살까지는 살지 않겠어요."

휴대폰을 꺼내서 계산기를 두드리라고 말했다.

"그러면 날 수로 따지면 29,200일입니다. 앞으로 14,965일은 더 살겠네요. 그중에 활동할 수 있는 날을 계산해 볼까요. 유럽은 죽기 전 병으로 평균 2년을 침대 생활한다고 합니다. 그런데 우리

나라는 죽기 전 7년을 침대에서 산다고 해요. 7년은 2,555일입니다. 14,965일에서 2,555일을 빼면 앞으로 활동할 수 있는 날은 12,410일입니다. 남은 날을 가치 있게 보내려면 내가 가장 먼저 해야 할 것이 무엇이며, 다음으로 해야 할 것이 무엇인지를 계획해야 합니다. 중요한 것이 무엇인지, 지금 해야 할 것은 무엇인지를 100개 정도를 정하고 순서를 적으세요. 급한 것과 중요한 것 중에 무엇을 먼저 해야 할까요?"

'시간 매트릭스' 강의와 함께 루틴을 만들어 주는 수업도 했다. 첫째, 아침에 일어나서 3분은 자기를 사랑하기(자기 자신을 사랑하는 자기 암시의 내용을 만들어서 외치거나 자기를 머리 두피에서 발끝 발가락까지 만지면서 사랑하기), 3분 양치질, 3분~6분 명상, 15분 책 보기. 15분 운동하기 그리고 감사일지 쓰기 등이다.

매일 음식 먹는 것, 물 먹는 양과 몸무게를 체크해서 카톡에 올리게 했으며, 운동하는 시간과 장소를 찍어서 카톡에 올리게 하며 루틴을 만들게 했다. 그림으로 그리게 하고는 심리상태도 체크했다. 상처가 많은 기억을 희석하는 아가페 의식으로 수업도 진행하며 정성을 다했다.

마지막으로 인생 비전 지도를 작성하게 했다. 100가지 정한 계획에 대해 이루는 연도와 월, 날짜까지 정확하게 적어 제출하게 했다. 올 때마다 살이 빠졌고 식단도 채식 위주로 바뀌었다. 피부도

감성스피치는 인생을 바꾼다

처음에 올 때는 안 좋았는데 나중엔 빛이 났다. 3개월이 지나자 살이 11kg이 빠졌고, 살을 빼니 완전 딴사람이 되었다.

늦잠꾸러기였던 불규칙한 기상 시간이 새벽 5시로 변했고 지금은 루틴이 되었다. 담배도 하루 두 갑 피우던 것을 끊었다. 배도 쏙 들어가고 몸매도 멋지게 바뀌었다. 스피치를 통해 자신감도 뿜뿜 가지게 되었으며, 지금은 프랜차이즈점 CEO가 되었고 3개 이상의 가맹점을 만들겠다는 야심 찬 꿈도 가지고 있다. 그래서 별명을 '작은 거목'으로 지어주었더니 마음에 든다고 했다. 그리고 가족과 소통도 잘되어 어머님의 얼굴에 활짝 웃음꽃이 피었다. 스피치를 통한 마인드 변화로 인생이 바뀐 사례다.

현미경과 내시경이 있다. 현미경은 밖으로 드러나는 부분을 보는 것이며, 내시경은 몸 안에 있는 것을 보는 것이다. 그것을 스피치에 접목한다면, 스피치는 몸 안의 것과 몸 밖 드러나는 부분을 자세하게 관찰하고 변화되게 만드는 것이라 할 수 있다.

스피치로 바뀌지 않는 사람은 없다

어느 날 얼굴이 조폭처럼 생긴 사람이 교육원 문을 열고 들어섰다. 머리는 듬성듬성 탈모에 얼굴이 우락부락했는데 나를 보더니

다짜고짜 말했다.

"이 교수님 내가 말이지, 이젠 나이도 어느 정도 되고 앞으로 회장도 나가야 해요. 내가 아는 사람 ○○○ 친구가 여기 와서 스피치 교육받고 사람이 달라졌어. 인사도 달라지고 말투가 지금까지와는 완전히 달라졌어. '그것참! 사람이 저렇게 변하려면 죽을 때가 됐는데' 속으로 그렇게 생각했어요. 그래서 단도직입적으로 물었어요. '너. 요즘 무슨 약 먹나?'라고 했더니, '감성 스피치 아카데미 이소희 교수 만나서 스피치 교육받고 이렇게 변했다 아닙니까.'라고 말했어요. 그래서 물었죠. '그런 데가 어딨노? 나도 좀 가보게.'하고 오게 됐습니다."

나는 그 말을 듣고

"아, 네. 고맙습니다. 잘 오셨습니다."

차를 한잔 마시면서 이야기를 나누었다. 그런데 그는 나에게 한마디 말할 틈도 주지 않고 자신의 이야기를 따발총처럼 몇 시간을 숨도 쉬지 않고 쏟아냈다. 강원도 산촌에서 너무나도 못 사는 집안에서 태어났는데 아버지는 노름에 빠진 무기력한 가장이었다. 가정 형편이 좋을 리 만무했다. 욕만 해대는 부모 밑에서 자랐는데, 아버지는 초등학교 1학년 때 돌아가셨다. 더는 학교에 다닐 수 없었고 가장 아닌 가장이 되어버렸다. 아버지 초상 치를 돈이 없어서

감성스피치는 인생을 바꾼다

죽은 아버지 시체를 가마니로 말아 동네 산에 묻었다. 그때 얼마나 무서웠던지, 그때만 생각하면 지금도 눈물이 난다.

구두닦이부터 공사판 날일까지 안 해 본 일이 없다. 학력이 없어서 취직은 못 하고 배고픈 청소년기에 못된 짓도 많이 했다. 철없고 배운 게 없어서 평소 나쁜 말 하는 것이 습관이 되어버려 쌍시옷 발언을 계속했다. 그것이 안 좋은 줄도 모르고 인상 쓰고 욕하면서 살았다. 운전면허증을 겨우 따서 버스 운전, 트럭 운전 등 운전만 평생 하다 보니 운송사업자 대표가 되었다.

지금은 사업이 번창하여 모 재단에 1억 원을 기부할 정도가 되었다. 골프장도 소유하고 있으며 매일 골프를 친다. 아들은 유학을 보냈고 아내와는 싸우는 게 일상이다. 그리고 아내를 부를 때 "야"라고 부른다. 스피치 교육을 받고 말투부터 모든 게 변한 친구를 보고 내 삶을 돌아보게 되었다. 그리고 '이렇게 사는 것보다 더 잘 살 수는 없을까?'라 생각하고 변화되고 싶어 이곳을 찾아오게 되었다고 했다.

그 뒤 일주일마다 스피치 수업을 받으러 왔는데, 노트도 없고 숙제도 해오지 않았다. 하지만 교육원에 온다는 것만으로도 기분이 좋다고 했다. 10강 20강이 지나자 아예 1년 과정을 등록하고 계속 오면서 말투가 조금씩 바뀌었다. 발표할 때 얼마나 순수하든지 귀여움까지 있는 내면이 아주 고운 분이란 걸 느꼈다. 환경이 험한 말을 할 수밖에 없도록 만들었다는 생각에 그분의 삶이 안타

깝고 가슴 짠하게 아리기까지 했다. 그래서 인문학 요소를 넣은 스피치 교육에 정성을 쏟았다. 그 후 아내를 부르는 호칭이 "야"에서 "여보, 부인"으로 바뀌었다.

지금은 캐나다로 유학 갔다 돌아온 아들이 스피치 교육을 받고 있다. 아들이 하는 말

"8년 만에 집에 오니 그 싸움판이던 집안 분위기가 너무나 바뀌어서 엄마, 아버지 어떻게 된 거냐고 물었더니, '너거 아부지 감성 스피치 교육원에서 교육받고 저렇게 변했다. 너도 거기 이소희 교수 한번 만나 봐라'라고 말해서 오게 되었습니다."

라고 말했다. 이런 과정을 겪으면서 스피치를 통해 바뀌지 않은 사람은 없다는 걸 느꼈다. 스피치는 말 잘하는 기술만 가르치는 것이 아니라 대뇌 혁명으로 마인드도 바꿀 수 있기 때문이다. 말은 거울이다. 외모를 눈으로 보는 것을 거울이라 한다. 말은 내면, 즉 인성을 귀로 보게 하는 거울이다. 좋은 인성을 갖추지 않은 말은 사기와 같다. 필자의 스피치는 마음의 주름을 펴는 과정부터 출발한다.

콘크리트 얼굴에 피운 꽃

어느 날, 누군가의 소개로 자매인 여성 두 명이 찾아와 스피치 강의를 수강했다. 동생은 부동산 일을 했으며, 언니는 전 대학교수 부인이었다. 그런데 언니의 얼굴은 콘크리트처럼 경직되어 있었다.

스피치 강의를 시작할 때 먼저 선서한다. 그다음 자기소개를 하는데, 자기소개한 내용을 참고하여 어떻게 스피치를 진행할까를 설계한다. 두 번째 강의 때는 기뻤던 일에 대해서 말하게 하고 강의 도중 키워드를 말하게 하여 그것을 연결해서 수업 소감을 말하게 한다.

항상 둘이 함께 오다가 어느 날 동생이 일이 있어 언니만 왔다. 그날 언니는 나에게 고백할 것이 있다고 말했다.

"저의 형제가 7남매인데 같이 오는 동생 외에 다른 형제와 안 만난 지가 20년이 되었습니다."

"안 만나게 된 게기가 있어요?"

"교수인 남편이 죽고 제 인생이 바뀌었어요. 집에서 주부로만 살다가 카페를 하게 되었습니다. 개를 좋아했기에 평소 키우던 개를 카페에 데리고 왔습니다. 카페에는 20대 조카 한 명이 일했는데 어느 날, 개가 조카의 얼굴에 상처를 내었어요. 우리 개는 순해서 절대 남에게 해를 끼치지 않는데 조카가 개를 자극하여 물린 것으로 생각했고, 또 형제들에게 그렇게 말했습니다. 여기 함께 오는 동생을 제외한 다른 형제들은 하나 같이 저를 공격했습니다. 그러다 보니 자연스럽게 형제들과 절교하게 되었어요.”

“개는 주인에게는 순해도 다른 사람에게는 난폭할 수 있습니다. 20대 여성 얼굴에 상처가 났다면 치료 비용, 성형 비용 등이 많이 들었을 텐데 혹시 조카에게 그 비용을 대주었나요?”

“아니요. 제 남편이 죽었기에 형제들이 저를 업신여긴다고만 생각했고, 저를 외톨박이로 만든다고 생각해 물어주지 않았어요.”

“잘못했네요. 그 카페는 누가 사장입니까? 그 개는 누구 개입니까?”

“접니다.”

“다른 사람이 다쳐도 물어주어야 하는데, 하물며 조카가 다쳤는데 적절하게 보상하지 않은 것은 잘못입니다. 그들은 당신을 무시한 것이 아니라 당연한 것을 요구했다고 생각되네요. 돈도 물러주고 미안하다고 10번이라도 찾아가서 사과하시기 바랍니다. 그때는 경황이 없어 못 했다고, 늦었지만 미안하다고 찾아가서 말하세요.”

그 수강생에게 자신의 내면을 들여다보게 하는 생각 훈련을 거쳤다. 그러자 그녀는 그동안 하지 못했던 사과를 형제들에게 했다.

"여기 오지 않았으면 사과하지 않았을 것인데, 교육을 받은 후, 아버지와 형제가 다 모인 자리에서 진심으로 사과를 했습니다. 92세 아버지는 사과한 후 3일 만에 돌아가셨습니다. 만약 사과하지 않았다면, 아버지는 한을 안은 채 돌아가셨을 것입니다. 형제와 화해하는 모습을 보여주게 되어 참으로 다행이라 생각합니다."

비로소 시멘트를 발라놓은 듯한 인상, 경직된 인상이 펴졌다. 생각 훈련 과정은 내면의 세계를 들여다보는 자기 분석 시간이며, 분석했을 때 객관적으로 자기를 바라볼 수 있게 하고, 자기를 바로세울 수 있게 만들어 준다. 그래야 스피치를 잘하는 사람이 된다.

언니가 바뀌는 모습을 보고 동생은 너무 좋아했고, 자신의 딸도 데려와 스피치를 수강하게 했다. 딸은 스피치 1급 자격증을 땄으며, 언니는 그 뒤에 웃음, 노래 프로그램에도 참여하여 콘크리트 얼굴이 해바라기 얼굴로 완전히 바뀌었다.

교수님, 제 인생에서 제일 잘한 일입니다

건강식품 관련 사업을 하는 분인데, 암을 극복한 사람이었다. 암을 극복한 성공 사례담을 발표해야 하는데, 어떻게 하는지를 몰라 스피치 교육원으로 찾아왔다. 그 사람의 이야기를 듣고 원고를 쓰고 개인 스피치 코치를 했다. 지도 결과 손짓과 자세와 눈빛과 목소리가 많이 달라졌다. 그 후 그분은 워크숍에서 성공 사례 발표를 했는데, 그곳에 참석한 사람 모두는 옛날과는 너무 달라진 그분 모습에 놀랐다고 한다. 그중에는 강연이 너무 감동적이어서 눈물을 흘린 사람도 있었다고 한다. 강연이 끝나고 난 뒤, 한 사람이 자기를 찾아와서

"사장님, 오늘 강연 너무 감동적이었습니다. 어떻게 그렇게 발표를 잘하세요? 전에 제가 알던 사장님이 아닌 줄 알았어요."
라고 말했다.

"예, 감사합니다. 사실 발표를 어떻게 하는지를 몰라 스피치 교육을 받았습니다. 스피치 교육을 받지 않았다면, 이렇게 될 수 없었습니다."

"아! 그러시군요. 저도 스피치에 영 자신이 없는데 사장님이 받은 스피치 교육원 소개 좀 해 주시면 감사하겠습니다."

이렇게 해서 어느 날, 교육원에 두 명의 여자가 찾아왔다. 한 사람은 곱게 생기고, 한 사람은 말을 재미있게 했다. 하지만 외모는 다듬지 않은 상태였고, 스피치를 시켜보니 한 사람은 말이 너무 빠르고 한 사람은 너무 느렸다. 그렇게 진단하여 이야기해 주니 자신들은 늘 강의도 해야 하고, 제품 교육도 해야 하고 사람도 이끌어

야 하는데 하면서 말끝을 흐렸다.

무대에 나가 말을 하게 하고는 스피치 상태를 분석해서 이야기해 주었다.

"앉아서 말은 잘하는데, 무대에 나가서는 말이 잘 안 되네요. 연결이 안 되고, 때로는 말이 다른 길로 빠지곤 합니다."

"맞아요. 정말 그래요."

라고 말했다. 그래서 10강에 걸친 총괄적인 교육을 하기로 했다. 강연하는 것은 자신이 주인공이 되는 것을 의미한다. 어떻게 하느냐에 따라 빛나는 순간일 수도 있고, 자신감을 잃어버리고 실패하는 순간이 될 수도 있다.

1강에서는 스피치에 대한 오리엔테이션을 하고 미션을 내어 주었다. 자신의 직업과 관련된 것을 분석해서 강사로서 또는 모임을 이끌어갈 때 하는 키워드 인사법과 3행시 인사법으로 인사하기이다. 먼저 시범을 보였다. 인사를 고개만 숙이지 않고 허리와 엉덩이로 30도 정도 숙였을 때, 1초를 머물고, 머리를 들어

"말을 잘하고 싶으십니까? 동기부여를 하여 변화와 혁신을 이끄는 강사, 강사제조기, 감성 스피치 아카데미 대표 이소희입니다."

시범을 보인 후 따라 하라고 했지만, 제대로 되지 않았다. 열심히 하려는 모습은 보였지만, 실제로는 잘되지 않아 난감해했다. 그래서 발표할 내용 구성과 목소리 훈련을 시키고 자세 코치를 했다.

1주일에 한 번씩 올 때마다, 5회 정도 다른 내용으로 발표하게 하며 훈련을 시켰다. 발표하는 모습을 동영상으로 찍고 목소리를 녹음하여, 두 사람만의 밴드를 만들어 그곳에다 올렸다. 그리고 교육과정 내내 발음 연습, 시선 연습, 인사 연습을 시켰다. 회가 거듭할수록 변하기 시작했다. 몸과 표정, 목소리가 조금씩 변화되었다.

그와 동시에 이론 교육도 병행했다. 스피치를 잘하기 위해서는 자신이 어떤 말을 하고 있는지를 알아야 한다. 머리, 마음에서 소리가 나와야 하며, 그 소리가 곧 인성, 품격이다. 그러면서 긍정단어를 써오는 미션을 내주었다. 긍정단어를 찾는 것은 생각을 긍정적으로 하게끔 유도하는 과정이다. 좋은 생각을 해야 좋은 말을 할 수 있으며, 좋은 스피치를 하기 위해서는 긍정적인 생각이 선행되어야 한다.

8강 때는 이미지 만들기를 했다. 스피치를 하기 위해 무대에 설 때 비주얼이 중요하다. 말과 내용 제스처가 다 좋지만, 이미지가 안 되면 효과가 반감된다. 이미지 만들기는 강의할 때만이 아니라 평소에도 아주 중요하다. 길거리에는 수많은 상가의 간판이 있다. 간판은 그 가게의 성공 여부를 결정짓는 중요한 요인이다. 비주얼은 상가의 간판처럼 눈에 먼저 띄는 부분이다. 그런데 보통 사람은 구두는 닦고, 속옷은 잘 입지만, 외모는 잘 가꾸지 않는다. 헤어스타일을 어울리지 않게 하고, 어울리지 않는 옷을 입고 다닌다. 특히 강의하는 사람은 청중 앞에 서는 사람이다. 청중 앞에 후줄근한 모습을 보인다면 아무리 강의가 좋아도 반응이 좋을 리 만무하다. 사람에게는 자신의 피부에 어울리는 옷이 있고, 얼굴에 맞는 헤어스타일이 있다. 그런 부분도 비주얼 스피치 컨설팅 일부에 속한다.

그렇게 해서 10강을 끝냈다. 그런데 얼마 후 두 명 중에 한 사람이 딸과 함께 왔다. 딸은 어느 회사의 팀장을 맡고 있었다. 얼굴이 참 예뻤다. 자기소개하라고 하니 엄마에게 억지로 끌려왔다고 하며 엄마 타령만 했다. 딸은 앉아서는 말을 잘하는데 무대만 서면 다리가 후들거리고 눈에 초점을 잃고, 우물쭈물한다고 했다. 처음에는 억지로 와서 교육을 받았지만, 교육을 진행하면서 엄마에게 고맙다고 말하기 시작했다.

"엄마, 스피치 교육을 받게 해 주어서 고마워요. 나는 '가, 갸, 거, 겨' 말 잘하는 기술만 배우는 줄 알았어요. 진실성이 없는 말 공장인 줄만 알았는데, 인생 계획서를 쓰게 해 주고, 좋아하는 것이 무엇인지, 소중한 것이 무엇인지, 인생 방향에 맞춰 자아분석 장점과 강점 단점이 무엇인지 알게 해 주었어요. 스피치를 통해 인생의 좌우명이 생겼고, 앞으로 가야 할 길을 발견했습니다. 여기 올 때마다 가슴이 설렙니다."

10강을 받고 난 뒤 딸은 추가로 10강을 1대 1로 더 받았다. 그림을 그리게 하고 심리분석을 하여 성향 진단도 해 주었다. 또한, 인생 비전 지도를 그리도록 했다. 몇 살 때 무엇을 할 것이지, 3년, 5년, 10년, 중년 모습은, 노년 모습은, 최후의 죽음을 맞이할 때 무엇을 남기고 갈 것인지. 마지막으로 사명 선언서를 만들어 낭독하게 했다. 20강째 발표하는 날 엄마가 와서 그 모습을 보게 되었다. 그 엄마는 눈물을 흘리면서

"교수님, 제 인생에서 우리 딸을 여기에 데리고 온 것이 최고 잘한 일 같아요."

라고 말했다. 딸 또한, 엄마를 바라보는 눈에 고마움과 존경이 가득 차 있었다. 딸은 20강을 마치고 스피치 1급 자격증까지 땄다. 수료식을 마친 얼마 후에 엄마가 찾아왔다.

"교수님 우리 딸이 이렇게 변한 것에 대해 아빠도 무척 좋아합니다. 그리고 딸도 본부장으로 승진도 했습니다. 우리 딸이 변한 것에 비해 이것은 아무것도 아니지만, 마음의 표현입니다."

하면서 가방을 하나 주었는데, 열어보니 최신형 삼성 노트북이

감성스피치는 인생을 바꾼다

었다. 소름이 꽉 끼치면서 너무 좋았고 감동적이며 행복했다.

"이 노트북을 사용할 때마다 늘 딸을 생각하면서, 강의할 때 중요한 기자재로 사용하겠습니다. 감사히 받겠습니다. 고맙습니다."

스피치는 말만 바꾸는 것이 아니다. 말은 사람의 인성을 나타낸다. 말이 바뀐다는 것은 그 사람의 인성이 바뀌었다는 것을 의미한다. 스피치를 하면서 사람이 바뀌는 것을 보고 그 사람도 행복하겠지만 나도 행복하다. 그것이 보람이다. 엄마의 말이 다시금 생각난다.

"교수님, 우리 딸 여기에 데려온 것, 제 인생에서 제일 잘한 일 같아요."

내가 만난 사람은 모두 아름다웠다

집에서 살림만 했던 한 수강생이 있었다. 남편이 공무원 정년퇴직이 다 되어가니 이제 자기도 무언가를 해야겠다는 생각이 들었다고 한다. 친구의 권유로 한 회사의 영업을 해 보려고 하는데 많은 사람 앞에서 강의도 해야 하고, 고객과 만나 상담도 해야 하는데 울렁증으로 제대로 말을 못 해 수강하러 왔다고 했다. 인상이 단아하고 내면에는 열정 에너지가 있음을 느꼈다. 상담 후 한 시간 강의를 받고 바로

"이런 좋은 걸 왜 더 일찍 하지 않았을까?"

하면서 바로 자신의 지인에게 전화해서 같이 하자고 했다.

"스피치 등록을 했는데 아주 좋은 것 같아. 너도 들으면 많은 도움이 될 것 같아 전화했어."

전화를 받고 20분 정도 지난 뒤 한 사람이 찾아왔다. 지인은 152cm 정도의 작은 키에 얼굴에 싹싹함과 부지런함이 배어있었다. 말은 빨랐지만, 상대방의 말에 손으로 리액션하는 등, 긍정적인 태도로 맞장구를 쳤다. 그리고 바로 수강 등록을 했다.

일주일 후 수업에는 다른 지인 한 사람도 같이 오겠다고 했다. 그래서 자연스럽게 3명이 한 그룹으로 스피치 수업을 하게 되었다. 그 뒤 계속 지인을 삼삼오오 데리고 와서 24명이 되었고 두 그룹으로 나누기까지 했다.

어느 날 속리산에서 단체 워크숍을 하는데 처음에 온 전 공무원 부인이

"직급대로 발표 겸 강의해야 하는데 교수님께서 같이 가서 옆에

있어만 주어도 안정이 되어 잘할 것 같습니다."

라고 말했다. 한 마디로 나와 동행하고 싶어 하는 귀여운 마음이 보였다. 그리고 그 워크숍 프로그램에 내 순서로 시 낭송도 넣어두었다고 말했다. 너무 좋으신 분이고 속리산에 여행을 간 적도 없는 나인지라 교육원 내의 스피치 교육 일정을 조절한 후 함께했다.

버스 타고 가면서 자기소개 시간을 가질 때, 나는

"이렇게 소중하고 귀한 사람을 만나게 해 주신 ○○○ 님께 이 자리를 빌려 감사드립니다."

라고 인사했다. 그리고 차를 타고 가는 중에 중간중간 멘트와 레크리에이션을 했더니, 버스에 탄 일행들이 나를 스피치만 가르치는 사람인 줄 알았는데. 재밌기까지 하다고 말해주었다.

속리산에 도착한 후 행사가 진행되었다. 참석자들은 드레스를 입고 각종 성과와 일을 해온 과정과 자기 성찰, 보람 등을 발표했다. 그런 이야기를 들으면서 많이 배웠고 감동했다. 행사를 마무리할 즈음에 무대에만 조명이 켜진 상태에서 나는 애송시인 이기철 시인의 '내가 만난 사람은 모두 아름다웠다'를 낭송했다. 그리고 행사에 참여하게 된 사연과 행사를 본 소감을 말했다. 행사가 끝난 후 만나는 사람마다 행사를 가치 있고 빛나게 해 주어 고맙다는 인사를 해 주었다.

그 뒤에 공무원 부인은 취준생인 자기 아들을 스피치 교육을 받게 하고 싶다고 데리고 왔다. 아들은 키도 훤칠하게 크고 아주 선하게 잘 생겨서 아이돌 수준이었다. 또한 생각도 깊고 말도 조곤조곤 잘했다. 하지만 사회성이 부족하고 얌전한 성격에 소심해 보였다. 부모로부터 사랑을 듬뿍 받고 부족함이 없는 청년이긴 했는데, 자기 속에 갇혀있는 것 같은 느낌이 들었다.

아들에게는 무엇보다 자신감을 갖게 하는 것이 필요하다는 생각이 들었다. 그래서 용기를 낼 수 있고 자아 영역을 넓혀가기 위한 구호 외치기와 워밍업 위주로 수업을 시작했다. 처음에는 어색해했지만, 성실하게 스피치 교육에 임했고 과제도 꼼꼼하게 잘해 왔다. 아들은 한 시간 한 시간 한 주씩 횟수가 지날수록 강의 때마다 변하기 시작했다. 20강이 끝난 후에는 바로 취업에 성공했고 지금은 모 유명한 회사 지점장이 되었다.

아들과 어머니는 무척 고마워했다. 나는 오히려 이 어머니를 만나서 여러 사람을 알아 좋았다. 가르치면서 배웠고 좋은 인성의 아들까지 만나며 보람과 감동의 드라마를 썼다는 생각이 들었다. '이렇게 나를 성장하게 하고 보약 같은 살맛 나는 기운을 주시는구나.' 하는 생각이 들어 울컥했다.

스피치를 하면서 많은 사람을 만났다. 버스에서 낭송한 이기철 시인의 시처럼 '내가 만난 사람은 모두 아름다웠다.' 내가 가르친다고는 하지만 가르치면서 나는 더 많은 것을 배운다. 무언가를 이루기 위해 노력하는 사람의 모습은 아름답다. 그것보다 더 아름다운 것은 즐기면서 노력하는 것이다. 아름다운 사람을 많이 만나니 스피치 하는 내 삶이 아름답고, 감사하며 행복하다.

말더듬이 입술 길 만들기

목사가 된 지 20년이 된 한 사람이 있었다. 성장 과정에서 엄마가 가출하여 할머니 손에서 자랐다. 명문대로 진학하여 학과대표가 되어 데모를 심하게 했다. 그런 과정에서 도피 생활을 하게 되었는데 피해 다닌 곳이 교회와 성당, 절 등 종교시설이었다. 결국 교회 목사가 되었다.

목사로서는 어느 정도 성공하여 지방에 자기 교회를 가지고 있었고 대전에 있는 교회에서도 설교했다. 글을 잘 써서 신문에 칼럼을 연재하기도 했으며, 북한에 특사로도 가는 등 사회활동도 왕성하게 했다.

어느 날 우연히 그분의 강의를 듣게 되었다. 그런데 명성과는 맞지 않게 실망했다. 목사가 된 지 20년이 되었는데도 불구하고 말을 많이 더듬었다. 그리고 시옷과 비읍. 리을 발음이 잘 안 되고, 내용의 앞뒤가 맞지 않았으며, 주제와 전혀 상관없는 말을 하기도 했다. 그러다 보니 설교가 재미없고 난해했다. 발음이 부정확하여 나는 내용의 80% 정도를 알아듣지 못했다. 설교를 듣는 교인들은 그래도 "할렐루야"를 외쳤다. 그것을 보며 나는 깜짝 놀랐다. 그 목사님은 자신의 발음이 이상하다는 사실을 모르고 있는 것이 분명했다. 난 언제 기회가 되면 말해주어야겠다고 속으로 생각했다.

그러다 지인 생일 파티를 내가 운영하는 교육원에서 하게 되었는데 우연히 그분도 참석했다. 회를 비롯한 많은 안주와 와인 등 술도 준비했다. 파티하면서 시 낭송도 하고 참석자들이 돌아가면서 한마디씩 하기도 했다. 목사님이 말할 때 난 아무도 모르게 녹음해 두었다. 파티가 끝나고 다른 사람이 돌아갈 때 목사님을 잡았다. 둘만 남았을 때 녹음한 목사님의 말을 들려주었다. 그것을 듣고 목사님은

"이게 누굽니까? 말을 못 알아듣겠는데."
하고 어리둥절해 했다.
"바로 목사님입니다."
그러자 깜짝 놀랐다. 자신은 스스로를 설교 잘하는 목사로 생각하고 있었는데, 발음이 엉망진창인 자신의 목소리를 직접 듣게 되

자 충격을 받은 것이다.

"대전에 가서 스피치 학원에 등록하여 발음 연습을 해야 할 것 같아요. 발음이 좋아야 교회 신도들이 존경하며 잘 따를 것 아니겠어요? 옷만 잘 입고, 명문대학교 나오고, 얼굴만 잘생겼다고 교인이 따르지는 않을 것 같다는 생각이 드네요."

"정말 충격을 받았습니다. 누구도 나에게 이런 말을 해주지 않았습니다."

그런데 그는 그런 사실을 인지하고도 스피치를 배울 생각을 전혀 하지 않았다.

"목사님, 제 교육원에 수강하라는 말이 아닙니다. 어떤 스피치 교육원에 가서라도 발음 교육을 받으셔야 할 것 같습니다. 지금은 모르겠지만 현 상황이 오래갈 수 없다고 생각합니다. 목사님의 스피치는 자신이 가진 지식이나 내용을 말하는 것이지 설교하는 것이 아닙니다."

라고 진심 어린 충고를 했지만, 내 말을 들을 생각이 하나도 없는 것처럼 느껴졌다.

그 후 2년이 지나서야 그 목사님은 나를 찾아왔다. 지방에 있는 자기 교회가 문을 닫고, 대전의 설교도 그만두게 되었다는 것이다. 그리고 나에게 스피치 교육을 해달라고 부탁했다.

"목사님은 명문대학을 나왔고 목사 생활도 오래 하셨지만, 스피치에는 문제가 있습니다. 제가 하라는 대로만 하시면 설교를 잘할 수 있습니다."

그렇게 말하고는 목사님의 현 상태를 세심하게 분석했다. 영상을 찍고 말을 녹음했다. 거의 모든 발음이 부정확했으며, 특히 'ㅅ' 발음이 되지 않았다. 그래서 발음과 호흡 교육부터 했다. 목사님은 배가 많이 나왔으며, 호흡을 제대로 하지 못하니 말이 제대로 나오지 않았다. 그래서 처음부터 강하게 훈련을 시켰다. 목사님은

"내가 말하면 전부 할렐루야, 아멘 하는데, 이소희 교수님은 다르게 냉정하네요."

"목사님을 하셨으니, 저보다는 마음이 넓을 거로 생각합니다. 제가 좀 심하게 말하더라도 이해해 주시리라 믿습니다."

나는 교육하기 전에 마음부터 열게 한다. 가르친다고 무조건 따라오지 않는다. 가르치는 사람에 대해 믿음을 갖게 하는 것이 먼저다. 마음 열기는 내면의 준비를 의미한다. 내면이 준비되지 않으면 하다가 포기해 버린다.

처음에는 ㄱ, ㄴ, 가, 갸, 고, 교 한 자 한 자, 한 단음 한 발음씩 또박또박 띄어서 말하게 하는 연습을 하게 했다. 또한, 호흡에 대해서 코치했다. 공명(얼굴 속 공간을 사용하면서 울리는 소리, 성악 하듯이 나오는 소리) 소리 연습을 시키고 복식호흡을 하게 했다. 그때까지 목사

님은 흉식호흡을 하고 있었다.

"언어 나이를 유치원으로 돌아가 다시 시작해야 합니다. 이제까지 한 것은 모두 버리고, 나를 내려놓고, 마음을 여세요."

그다음 연구개 경구개 등 하나하나 발성 연습을 시켰다. 목사님은 정말 열심히 따라 했다. 수업 후에는 입의 안과 밖이 얼얼하니 근육통이 올 것 같다고 말하기도 했다. 그 정도로 훈련과 연습을 계속했다. 이제껏 목사로서 남이 안 좋은 것 설교하면서 가르친다고 지적질만 했지, 자신이 발음되지 않는 것은 몰랐다. 일주일에 한 번씩 대전에서 내려왔다. 두 시간에서 네 시간까지 집중교육을 하는데 정말 열심히 따라주었다. 발성 연습할 때 복식호흡 연습은 허리를 벽에 기대어 횡격막을 열면서 한다. 오랫동안 집중적으로 연습하면 몸이 말을 한다.

'안^^녕!! 하세요~^^'라는 말과 발음, 볼륨 버튼, 속도 버튼을 체크했다 단음, 받음도 빅자가 있으며, 속도와 볼륨 강, 약이 있다. 반복적으로 말하게 하며 목소리 디자인을 하는 것이다. 톤이 낮으면 톤을 올린다. 화이트보드에 1단계에서 10단계까지 몸의 체형에 맞춘 손 위치 그래프를 표시했다. 구호는 7~8단계(손이 어깨 부근에 위치) 환호 10단계(손이 만세 할 때처럼 머리 위에 위치) 등 목소리 레벨을 정해서 교육했다.

교육 중에는 미션으로 일주일 동안 있었던 일 중 가장 좋은 뉴스를 원고지 3장(600자) 분량으로 써오라고 했다. 600~700자면 2분 분량의 스피치를 할 수 있다. 준비해 온 원고를 발표하게 하고 영상을 찍었다. 그리고 함께 보면서 표정, 발음, 제스처 등을 코치했다. 또한 안 되는 발음은 100번씩 반복하게 했으며, 원고에 음표 부호를 다 달았다. 글자 하나씩 꼭꼭 씹으면서 발음하게 하면서 설명해 주었다.

혀와 치아와 입안 구강구조에 관해 설명했다. 경구개 발음(입천장 앞쪽의 단단한 부분에 혀가 닿는 발음), 연구개 발음 등을 설명하면서 혀의 길을 만들었다.

입술 길 만들기

1. 혀의 근육을 풀어 자연스러운 발음을 유도하기 위하여 '메롱' 하면서 혀를 앞으로 길게 빼어서 안으로 넣게 했으며,

2. 혀를 입 밖으로 내어 20회씩 양옆으로 움직임을 반복하게 하고,

3. 입안에서 혀 돌리기(입 안에서 오른쪽으로 돌리고 왼쪽으로 돌리기)를 하며 새로운 혀의 길을 만들었다.

4. 혀 털기(우루루루~)

5. 입술 털기를 하면서 목소리, 발성 발음을 다듬으며 입술 길을 새로 만들었다.

입의 환경을 도로 닦듯이 새롭게 만들었다. 발음은 하나하나씩 말을 씹듯이 찰지게 하여 말의 알맹이가 또박또박 나올 수 있게 만들었다.

경험에 의하면 나이가 들수록 발음 교정 기간이 더 오래 걸린다. 그래서 언어 연습은 어릴수록 좋다. 어릴 때 어학연수를 보내는 것도 그 이유 때문이다. 나이가 들수록 입술 길 만들기가 어렵다. 처음에는 머리도 아프고 입이 얼얼하기도 하고 몸살이 난다. 입과 몸에 힘이 들어가니 그만큼 힘들다. 그래서 입과 몸에서 힘을 빼도록 유도한다.

일주일에 한 번씩 2년 동안 비행기를 타고 대전에서 울산까지 왔다. 그렇게 하기는 쉽지 않은 일이다. 목사님은

"내가 평생 여자에게 선물은 안 하는데 이 교수님이 귀걸이를 좋아하니 제가 선물을 준비했어요."

리고 밀 하며 나에게 귀걸이를 선물해주기도 했다.

목사님의 스피치는 아주 좋아졌다. 하지만 아쉬운 부분은 연설 속에 유머가 하나도 없다는 것이다. 북한에서 내려온 간첩의 말처럼 내용이 너무 건조했다. 그래서 스피치 교육을 할 때마다 유머를 가르치기 시작했다. 유머 스킬을 가르칠 때 정말 힘들었지만, 목소리는 엄청 좋았다.

무엇이든 자신의 것으로 만들려면 같은 내용을 18번 해야 한다. 그래야 몸이 열리고 뇌와 눈과 마음이 열린다. 6번 쓰고 6번 말하고 6번 강의하듯 발표하게 강의한다. 그런 과정을 3번 하게 되면 같은 내용으로 18번을 하게 된다.

그래야 30% 자기 것이 된다. 온전히 자기 것이 되려면 나이 연령대에 따라 횟수를 반복 훈련해야 내 것이 된다. 자기 것이 된다. 그런 과정을 거치자 유머 감각도 많이 좋아졌다.

목사님은 지금도 교육을 받으러 온다. 발음 등 스피치가 엄청나게 좋아졌다. 그러자 딸과 아들도 스피치 교육을 받으라고 데리고 왔다.

학력이 높고, 높은 자리에 있다고 해서, 스피치를 잘하는 것이 아니다. 물론 잘하는 사람도 있지만, 많은 사람은 자신도 모르는 스피치 결핍 부분이 있다. 명성이 높은 사람일수록 주변 사람은 그 명성 때문에 말을 못 해 준다. 이 책을 읽는 독자라면 내가 지금 스피치를 잘하고 있는가를 돌아보아야 한다. 부족한 부분이 보인다면 빨리 전문가와 상담해 보는 것이 좋다. 스피치를 통해 자신이 가진 모든 것이 드러나기 때문이며, 스피치는 이 시대를 살아가는 데에 있어 가장 강력한 경쟁력이 되기 때문이다.

목사님에게 스피치 교육을 하면서, 어떤 대상이라도 진심으로 다가가면 사람을 변화시키는 역사가 만들어진다는 것을 느꼈다.

감성스피치는 인생을 바꾼다

목사님은 나에게 스피치를 배웠지만, 나는 목사님으로부터 온화한 성품과 지성을 더 많이 배웠다. 그리고 목사님은 내 인생에 아주 중요한 지인이자 스승이 되어주셨다.

반짝이던 그녀가 어느 날 암에 걸렸다

교육원 문을 열고 들어서는 그녀를 보자 나는 첫사랑이라도 만난 듯, 보석을 발견한 듯한 느낌이 들었다.

"어서 오세요. 환영합니다."
라고 하면서 악수를 청하니 수줍게 한 손을 내미는데, 숫처녀가 일생에 첫 남성을 대하듯 다른 한 손으로 입을 가리면서
"어머나 나는 이런 악수는 안 해봐서요."

라고 말했다. 나는 그녀의 내면에서 나오는 빛나는 눈빛과 청아한 목소리에 반해버렸다. 속으로 '이분은 강사를 하면 참 좋겠다.'라고 생각했다.

교육은 토, 일 주말 이틀을 이용하여, 아침 9시부터 저녁 6시까지 집중하여 교육하는 자격증 과정이었다. 이틀 동안 교육을 받은

그녀는 재교육 때는 오지 않았고 연락도 없었다. 그렇게 인연이 끝났다고 생각했는데, 6년이 흐른 어느 날 그녀에게서 연락이 왔다. 전화를 받고 단번에 그녀라는 사실을 알아차렸다.

그런데 목소리가 그때와는 아주 달랐다. 힘이 없고 뭔가 간절함과 애달픔이 느껴지는 목소리였다.

"제가 교수님을 꼭 만나 뵙고 싶은데 바쁘신 것 같아서 언제 만나러 가야 할지를 몰라 전화했습니다."

라고 조심스레 말했다.

"전화해 주셔서 감사합니다. 저 시간은 언제든지 만들 수 있습니다."

만날 약속하고 전화를 끊었다.

6년 만에 다시 만난 그녀는 완전히 달라져 있었다. 머리숱이 휑하니 빠졌고 빛나던 눈빛이 오래된 생선 눈같이 빛이 사라지고 없었으며, 목소리도 가늘어지고, 얼굴과 몸도 매우 수척해서 십 년은 나이가 더 많아 보였다.

차를 따르는 동안 침묵이 흐른 후 조심스레 말을 걸었다.

"그동안 어려운 일이 있었나 봐요."
"네, 교수님. 제가 암에 걸렸었어요. 수술하고 이제 1년 되었는

감성스피치는 인생을 바꾼다

데, 6개월마다 정기검진을 받고 있어요. 암이라 진단받고 그 자리에 주저앉아 멍하니 한참을 있는데 저의 지난날이 떠올랐고, 그 속에 수많은 얼굴이 보였어요. 과거, 현재의 시간 열차를 타고 가면서 제 과거 영상을 보는데 이소희 교수님 얼굴이 스치면서 필름이 딱 멈췄어요. '아! 몸이 좋아지면 이소희 교수님을 만나러 가야지.'라고 생각했고, 몸이 조금 좋아져 용기 내어 전화하게 되었습니다."

라며 그간의 사정을 말했다.

"아, 잘 오셨습니다. 그렇지 않아도 제가 딱 가슴속에 넣어둔 분입니다. 그동안 보이지 않아 무척 궁금했는데, 오늘 오셨군요."

"암 선고 후 수술을 받고 난 뒤에는 어떤 일에도 흥미를 느끼지 못하고 있어. 우울증이 같이 왔어요. 남편이 원망스럽고 자식은 멀리 외국에 살고 있어 만나지도 못합니다. 할 줄 아는 것이 없고 이야기할 사람도 없고 친구도 없는데 교수님이 생각나서 염치 불고하고 찾아왔습니다."

라고 말하며 그녀의 사연을 이야기하기 시작했다.

"저는 결혼해서 식당을 했는데, 노는 날 없이 일하니 사업이 잘되었습니다. 그런데 남편은 평생 돈 한 푼 벌어온 적이 없습니다. 현재 박사가 3개인데, 그 뒷바라지하느라 손에서 물이 마를 날이 없었습니다. 37살 된 딸이 하나 있습니다. 현재 이탈리아에서 결혼하여 사는데 아직 한 달에 7백만 원씩 생활비를 보내주고 있습니다."

결혼한 딸 생활비까지 보내주고 있다는 말을 듣고 깜짝 놀랐다. 그녀는 한숨을 쉬고는 다시 말을 이어갔다.

"처음에는 벌어 놓은 돈이 있어 병원비와 생활비로 썼는데, 아프고 힘이 없어 이젠 일하기가 버겁게 되었습니다. 남편에게 내가 아프니 돈 좀 벌어오라고 하자 남편은 평생 돈을 벌어보지 않았는데 어떻게 내가 돈을 버냐고 당당하게 말하는 겁니다. 집 안 청소도 도와주지 않고 밥때가 되면 밥을 달라고 조릅니다. 육십 평생을 살면서 노래방도 한번 못가 봤고 밤에 한 번 돌아다닌 적도 없고 한 달에 한 번 휴일도 없이 365일 일을 했습니다. 명절에는 더 바빠서 고객맞이에 일만 했습니다. 답답한 마음에 강으로 나가 산책이라도 하고 오면 어디 갔다 왔느냐고 일거수일투족 감시를 합니다. 정도 떨어지고 너무 미워서 떨어져 죽고 싶은 생각이 들고 속에서 불덩어리가 올라와 이러다 정말 죽겠다는 생각이 들어 교수님을 찾아온 겁니다."

그녀의 말을 들으니 측은한 생각이 들어 함께 손을 맞잡고 울었다. 그렇게 4시간이 흘렀다. 스피치 강의 시간이 다 되었는데, 수업할 엄두가 나지 않아 수강생에게 양해를 구하고 수업을 하지 않았다. 그리고 그녀와 도형 심리 수업에 들어갔다.

명상을 시작으로 가족 구성도를 그림으로 표현하게 했다. 그리고는 긍정 구호를 만들어 제스처와 함께 속이 후련하도록 외치게 했다.

현재의 심정을 연극 대사로 만들고는 상황극을 진행했고, 억울하고 안 좋았던 과거를 하나씩 깊은 동해에 던지는 의식을 치르며 자기를 분석하는 시간도 가졌다.

나는 왜 사는가? 나는 몇 살까지 살고 싶은가? 나는 누구이며, 누구를 위해 살고 있는가? 내가 나를 위해 어떤 선물을 주었는가? 온전히 나만을 위한 시간을 가졌는가? 나는 어떤 장점을 갖고 있으며, 단점은 무엇인가? 나의 매력은 무엇이며, 무엇을 좋아하는가? 무얼 하고 싶은가? 무얼 갖고 싶은가? 나의 모습, 나의 브랜드는 어떠하면 좋을까?

매주 한가지씩 미션을 주면서 수업을 진행했다. 또한, 용서 터널을 만들어 그 **속**을 지나가며 모든 것을 내 탓으로 돌리는 심리 역전 스킬을 사용했다.

나 자신이 지나치게 상대방을 배려한 죄.
나 자신이 돈을 너무 잘 벌어서 남편이 돈을 안 벌어도 되게 한 죄.

"남편님 죄송합니다. 당신의 능력을 사용할 기회를 드리지 못하고 내가 너무 부지런하였습니다."

라고 말하게 하며 큰절을 하게 했다.

"학비를 대어 주며 남편을 뒷바라지 한 죄, 돈을 벌지 못하게 과잉으로 보살핀 죄, 남편의 능력을 무용지물로 만든 죄, 사회 부적응자로 만들어 버린 죄가 큽니다. 여자답게 아내답게 자기 할 일을 적당히 해야 하는데, 남편 몫까지 다해버린 욕심 많은 죄, 자신의 몸조차 보살피지 않고 일만 한 어리석은 죄, 나의 몸이 아프도록 방치한 죄, 내 몸을 학대한 죄, 나에게 즐거움이란 선물과 휴식이란 시간을 주지 않은 죄, 친구 한 명도 없이 나를 외롭게 한 죄, 내면의 소리를 들어주지 않은 죄, 외국에 있는 딸에게는 유학을 시켰으면 스스로 생활비를 벌어 쓰게 해야 하는데 그렇게 교육하지 못한 죄, 주변의 상권에서 다른 사람은 돈을 못 벌게 나만 돈을 많이 번 죄, 그 외에도 수많은 죄를 지었기에 몸이 암이라는 병으로 시위하게 만든 죄가 큽니다. 그래서 앞으로는 평생 나만을 사랑하며, 나에게 용서를 빌며, 나를 신나게 놀게 하며, 재미있는 시간으로 채울 곳을 찾아다닐 것이며, 앞으로 NO, YES를 확실하게 수행할 것을 선고합니다."

이제껏 가족을 위해 살았다면 이제는 자신을 위해 살아갈 것을 주문했다. 내가 하기 싫고 먹기 싫고 기분 나쁜 것은 하지 않는 '자아 보호법'[자기 경영시스템]을 실행하라고 했다. '자아 보호법'(자기 경영시스템)은 주변에 큰소리로 자기를 당당히 외치며, 나를 힘들게 하는 것에 대해 단호히 거절할 수 있는 것을 말한다.

그리고 매일 매 순간 자기 자신을 이 세상에서 가장 소중하고 귀히 여기고, 자기를 바로 세우고 건강하고 멋진 자신만의 브랜드를 만들어 자신만의 독립 국가를 건설해나가야 한다고 말해주었다. 가족일지라도 적보다 못할 수도 있다는 것을 알고 자기를 사랑할 때만이 자신이 왜 인생을 사는가에 대한 정답을 찾을 수 있게 되는 것이다.

매주 수업할 때마다 심리수업과 자기 계발, 자기 사랑에 대해 동기부여를 했다. 그러자 조금씩 변화가 일어나기 시작했다. 매주 교육원 올 때마다 그녀는

"오늘은 뭘 가르쳐 줄지, 오늘은 어떤 얘기를 해 줄지, 오늘은 어떤 행동을 할 것인지, 오늘은 어떤 미션 수행을 할 것인지를 기대하면서 설레는 마음으로 온다."

라고 말했다. 수업에도 아주 적극적이었다. 그렇게 도형 심리수업과 자기 계발, 동기부여, 자기 브랜드 만들기 수업을 한 지 6개월이 넘으면서, 웃기도 하고 매사를 긍정적으로 바라보기 시작했다.

피부 빛깔도 좋아지고 농담을 하기도 하고 남편에 대한 감정이

원망에서 측은지심으로 바뀌고 말도 예쁘고 부드럽고 따뜻하게 했다. 자신이 조금씩 보이기 시작했고 조금씩 사회에 마음을 열고, 조심스럽게 표현할 줄도 알게 되었다. 그리고 자신이 속한 상가 번영회 회장으로 추대되기도 했다.

그녀를 찾아온 암이라는 큰 병은 자신을 돌보지 않고 가족에게 긴 시간 동안 희생을 했음에도 인정받지 못하자 자기 학대와 우울 증으로 인한 스트레스가 원인이라는 생각이 들었다. 자신을 돌아 보고 분석함으로 삶의 활력을 찾은 사례이다.

사랑하는 가족을 위해 이 사례의 주인공은 자기가 할 수 있는 최선을 다했다. 어쩌면 그것은 헌신이며, 자기희생이다. 가족이 그 런 노력을 알아주면 그것은 보람이 된다. 하지만 그것을 몰라주면 보상심리가 작용한다. '내가 가족을 위해 모든 것을 다 바쳤는데, 가족은 나를 외면하는구나. 정말 너무하는구나.'라고 생각할 수밖 에 없다. 상황에 따라 다를 수 있겠지만 냉정하게 현실을 돌아볼 필요가 있다. 자기의 헌신이 다른 가족이 헌신할 기회를 뺏는다든 지, 자신의 희생이 습관화되어 당연한 것으로 치부된다든지 하는 것이다.

다른 가족의 책임도 있겠지만, 일차 책임은 그런 상황을 만든 본 인에게 있다. 그것을 냉정히 돌아보고 분석한 후에야 가슴에 맺힌 고리를 풀 수가 있다. 그렇지 못하면 이 사례의 주인공처럼 우울증 이 오고 그 스트레스로 큰 병이 오게 되는 것이다.

그녀에게 먼저 자기를 되돌아보게 하고 긍정적인 마음을 갖게 한 후 먼저 자신을 사랑하게 했다. 그러자 그녀의 얼굴에 활기가 생겼다. 사람은 자신이 가진 것만을 남에게 줄 수 있다. 갖지 못한 것을 줄 수 없는 것은 당연하다. 자기 자신을 먼저 사랑해야 남도 사랑할 수 있는 것이다. 자기를 사랑할 때, 얼굴에 웃음꽃이 핀다. 그 꽃의 향기는 아주 진해 주변을 향기롭게 만든다.

그 후 친구가 되어 가끔 차를 마시며 근황도 이야기하고 속마음도 털어놓으면서 깊이 있는 삶의 동반자가 되었다. 찐 친이 되어 휴일 시간을 함께 갖기도 하는데, 늘 맛난 간식과 귀한 음식을 양손 무겁게 들고 왔다. 그리고 스피치 심리 수업은 지금도 계속되고 있다.

제3장

나도 말! 말! 말! 좀
잘했으면 좋겠다

스피치란 무엇인가?

스피치의 개념

스피치는 대뇌 작용이다. 언어활동 시 남성은 주로 좌뇌를 사용하고 여성은 우뇌를 사용한다. 또한, 오른손잡이의 경우 좌뇌를, 왼손잡이의 경우 우뇌를 사용한다. 뇌에는 브로카와 베르니케 영역이 있다. 브로카 영역은 입, 혀, 목구멍, 성대를 담당하고, 베르니케 영역은 단어의 의미 이해를 담당한다. 이 두 개의 영역 후방에는 피질 덩어리의 연합장소가 있는데, 언어적 음성과 의미 이해를 담당한다. 덧붙여 말하면 좌뇌가 발달한 사람은 문자나 기호 등을 활용하는 수학에 강하고, 언어 능력이 뛰어나 논리적인 사고를 잘한다. 우뇌가 발달한 사람은 직관과 감성이 뛰어나며 추상적 사고 및 공간인식 능력이 뛰어나다.

스피치의 사전적인 개념인 말은 사람의 사상이나 감정을 나타내는 음성적 부호 즉, 사람의 생각을 목구멍을 통해서 조직적으로 나타내는 소리이다. 물리적 개념은 자신의 대뇌 작용의 결과를 목청의 떨림과 구강 구조 변화를 이용하여 내는 소리를 통하여, 상대방의 고막(귀청)을 울려 상대의 대뇌에 전달하는 행위를 말한다. 스피치의 흐름도를 살펴보면 아래와 같다.

스피치 흐름도

자극 ⟶ 주체의 대뇌 작용 ⟶ 주체의 언어 중추 ⟶ 구강구조 떨림 ⟶ 공기 ⟶ 객체의 귀청 진동 ⟶ 객체의 청신경 자극 ⟶ 객체의 대뇌 작용

스피치의 특성

스피치에는 여러 가지 특성이 있다. 그중 대표적인 것이 사회, 정치적 특성이다. 사회적 특성을 살펴보면, 스피치에는 생각이나 감정이 들어있으며 반드시 대상(청중)이 있다. 스피치는 대상으로부터 일정한 반응을 끌어내려는 의도가 있기에 의미와 맥락이 수반된다.

스피치의 정치적 특성을 살펴보면, 스피치는 의지를 내포하며 주체의 의지를 객체에 전달하여 설득, 강요하기 위한 수단으로 활용한다. 스피치로써 주체는 다수의 주의를 환기하며 자신의 존재를 부각할 수 있다. 그래서 나치 독일의 히틀러, 이탈리아 무솔리니, 소련의 레닌 등은 권력을 휘두르는 수단으로 스피치를 활용했다.

스피치와 리더십

스피치와 리더십은 밀접한 관계를 맺고 있다. 리더로서 행하는 스피치가 갖추어야 할 조건으로 먼저, 인간에 대한 진지한 고민과 사회에 대한 철학이 있어야 한다. 또한, 상황 변화나 사태 전개를 지각할 수 있는 고도의 사회적 감수성이 있어야 한다. 여러 가지의 방식과 이념, 정책, 전략 등을 창안할 수 있는 기획력이 있어야 하며, 고도의 용기도 있어야 한다.

리더십을 발휘할 수 있기 위한 언어 사용에 있어서는 극적인 표현 능력뿐만 아니라, 정확한 개념과 정교한 논리도 갖추어야 한다. 또한 의미와 맥락을 정확하게 유지해야 하며, 가능한 고급 언어를 사용해야 한다.

청중과의 관계에 있어, 자신의 의도는 가능한 늦게 노출해야 한다. 고도의 친근감을 발휘해야 하며, 청중에게 끊임없이 정신적 긴장감과 호기심을 유발해야 한다. 태도는 솔직하고 겸손하게 보이면서도 결단력이 있음을 보여주어야 한다.

스피치를 잘하려면

첫째, 천천히 말한다. 말을 하다 보면 흥분과 초조, 불안, 기대 심리가 뒤섞이어 자신도 모르는 사이 말의 속도가 빨라진다. 천천히 말할 수 있다는 것은 그만큼 여유가 있고 침착하다는 것이므로 청중에게 좋은 인상을 준다. '천천히'와 '느리게'는 구별이 된다. 천천히는 말을 길게 끌지 않는 것으로 쉼과 쉼이 분명한 것이고 느리게는 말을 길고 느리게 끈다든지 낱말과 낱말 사이에 쉬는 시간이 길어서 지루하고 답답한 감을 주는 것을 말한다. 적당한 속도는 1분에 200자 원고지 1.4장에서 1.8장 정도가 좋다.

두 번째, 크게 말한다. 어떤 환경에서도 상황 분석을 잘해서 청중(상대)이 잘 들을 수 있도록 해야 한다. 특히 정치 연설에서는 말에 힘이 없다든지 음성이 작으면 연설의 효과가 떨어질 뿐만 아니라 추진력 없는 사람으로 평가받을 수도 있다. 말할 때 상대가 자연스럽게 알아들을 수 있는 음성이면 된다. 연습 시에는 되도록 평상시보다 큰 소리로 연습하여야 한다. 그렇다고 무조건 고함을 지르라는 말이 아니다. 말은 의사 전달의 수단이다. 자기 생각을 분명하게 전달하기 위해서는 상대가 잘 알아들을 수 있는 정도의 말을 해야 함을 의미한다.

세 번째, 또박또박 말한다. 내용을 분명하면서도 효과적으로 강하게 전달하기 위해서이다. 문장과 단어 조사, 내용 등을 잘 살펴서 연결할 곳과 떼어서 말해야 할 곳을 구분해서 말해야 한다.

네 번째, 자연스럽게 말해야 한다. 자연스럽지 못한 말과 꾸민 음성은 호응을 얻지 못한다. 자연스럽게 말하는 것은 진실한 내용으로 차분하고 자신 있게 말하는 것을 의미한다. 이상한 리듬이나 가락을 타는 어조 등은 화자의 진실성을 결여시키고 싫증과 거부 반응을 갖게 한다.

다섯 번째, 자신 있고 열정적으로 말한다. 심리적으로 안정을 찾고 말해야 신뢰성이 있고 성의를 다해 말해야 감동을 줄 수 있다. 불안한 태도와 무성의한 말은 상대에게 실망감을 주고 신뢰를 줄 수 없다.

여섯 번째, 호흡에 맞춰 발음을 정확하게 해야 한다. 끝말을 흐리지 말고 끝까지 정확한 발음을 내어 상대가 분명하게 들을 수 있도록 해아 한나. 호흡이 불안정하면 발음이 더듬어지고 흐린 말이 되고 만다. 안정된 리듬으로 듣기 좋고 발음을 분명하게 하는 것은 상대를 기분 좋게 하는 말이다. 입을 확실하게 벌리고 혀 놀림을 정확히 하며 빨리하지 말고 천천히 또박또박하여보자. 정확하고 안정된 말투는 상대의 호감을 살 수 있다.

스피치 능력을 향상하는 방법

첫째, 스피치 구성 요소에는 주체, 객체, 환경, 수단 등 네 가지가 있으며, 각 구성 요소별 장악 능력을 향상해야 한다.

주체 장악 능력으로는 정확한 개념 조직 능력, 정확한 논리 전개 능력, 기획 관리 능력이 있으며, 좋은 매너를 가져야 한다. 그 방법으로는 독서를 생활화하고, 현장 강연 및 유튜브를 통한 많은 강연을 듣고, 사설과 칼럼을 읽는다. 명언을 많이 아는 것도 한 방법이다. 그것과 동시에 원고 작성 연습을 하며, 에티켓 훈련도 한다.

객체 장악 능력으로는 청중 압도 능력, 긴장감 및 호기심 유발 능력, 강온 양면 배합 능력이 있다. 그 방법으로는 교수법 숙지 및 문답식 훈련, 과장법 훈련, 유머 습득, 호응 유발법 훈련 등을 한다.

환경 장악 능력으로는 어색함(심리적 불안감) 극복 능력, 생소한 환경에 적응 능력, 자신에게 유리한 환경 조성 능력 등이 있다. 환경 장악 능력을 기르기 위해서는 자기 억제 훈련, 감정 조절, 다양한 분위기(미디어), 자세, 의상, 소품, 장비 등에 익숙해야 한다.

수단 장악 능력으로는 언어적 능력, 비언어적 능력이 있다. 가능한 표준어를 사용해야 하며, 원고 외우기, 발성의 장단, 고저 조절 훈련을 해야 한다. 그리고 강렬한 시선 유지 훈련, 적절한 쇼맨십을 익혀야 한다.

감성스피치는 인생을 바꾼다

둘째, 스피치 구성 요소를 종합하는 능력을 향상해야 한다. 그 방법을 살펴보면 다음과 같다.

1. 스피치를 행하는 분위기를 먼저 파악하고 호흡으로 온몸의 긴장을 푼다.

2. 청중의 최대 공략수를 공략 목표로 설정하되 청중을 마음속으로만 무시한다.

3. 서두에 스피치의 목적을 제시하고 본 의도는 가능한 마지막에 밝힌다.

4. 다양한 예를 동원한다.

5. 실수하였을 때 이를 대수롭지 않게 인정하고 넘어가는 위기관리 능력을 향상한다.

6. 부득이 영어 등 외국어를 사용할 때 청중의 이해를 먼저 구한다.

7. 확실하지 않은 이야기는 되도록 피한다.

8. 원고는 사전에 치밀하게 준비하되 절대로 보고 읽지 않는다.

9. 적절하게 몸짓(제스처)을 병행한다. 하지만 과도해서는 안 된다.

10. 만연체로 한 문장을 길게 말하지 않고 짧은 호흡으로 말한다.

11. 반드시 새로운 유머를 한 가지 이상 준비한다.

12. 반드시 교훈이나 속담을 두세 가지 준비한다.

13. 스피치 하는 시간 내내 시선을 청중에게서 한시도 떼지 않는다.

14. 청중에게 뒷모습을 보이지 않는다.

15. 자료를 사용해야 하는 경우 성의를 다한 표시가 나야 한다.

16. 분위기는 가볍게 가져가되 교양과 품격을 잃지 않도록 해야 한다.

17. 시작을 경쾌하게 긍정의 분위기로 호응을 불러일으킨다.

18. 스피치 언어는 자신의 이미지이므로 단어 선택과 스토리텔링 연결을 잘해야 한다.

19. 시작과 중간 점검 강약과 새로움을 여는 것같이 하면서 연결을 한다.

20. 마무리는 정말 중요하다. 감동과 상큼하게 마무리한다. 시간은 강사에게 중요한 만큼 누구에게나 중요하기에 절대 지킨다.

셋째, 다양한 상황에서 경험을 축적한다. 독백 훈련을 통하여 반사적으로 언어 중추를 가동하여 준다. 그리고 한 사람을 대상으로 두 시간 이상 대화를 이끌어 본다. 그런 후 여러 사람이 모인 장소에서 가능한 한 오래 말을 해 본다. 또한, 돌발적인 상황을 예상하여 위기를 넘길 수 있는 대안을 준비해야 하며, 연극적 요소를 항상 고려한다.

넷째, 변화하는 미디어 환경에 적응하는 능력을 향상해야 한다. 다양한 미디어를 통하여 자신을 보며, 녹음기를 사용하여 자신의 음성을 조절해 본다. 그리고 비디오 촬영을 통하여 자신의 자세나 의상, 매너에 문제가 없는지 연구한다. 또한, 자신의 얼굴의 각도와 좌우 면의 차이에 따른 표정을 연구하고 거울이나 비디오를 통하여 제스처를 자연스럽게 될 때까지 연습한다.

다양한 방법들이 스피치에 도움이 되지만, 가장 중요한 점은 서두에 언급한 것처럼 스피치가 대뇌 작용이라는 점이다. 따라서 평소에 대뇌 훈련을 하는 것이 스피치 능력 향상에 중요하며 자신의 모든 활동이 대뇌 작용과 관련이 있다는 점을 항상 명심해야 한다.

말, 말, 말 잘하는 법

"나도 말 좀 잘해봤으면."

위의 말은 자기 생각을 말로 잘 표현하지 못하는 사람의 간절한 바람이 담긴 말이다. 또한, 필자가 이 책을 쓴 이유이며, 독자가 이 책을 읽는 이유이기도 할 것이다.

"말 잘하는 법이 있을까?"
"에이 그런 법이 어디 있어."

이렇게 말하는 사람은 다음의 내용을 주의 깊게 읽으면 좋겠다. 말도 잘하는 방법이 있다. 장황하게 서술하는 것보다 핵심을 찍어 서술하는 것이 효과적이라 생각하여 요점만 정리했다.

말 잘하는 법 1 - 생각 창고 풍성하게 만들기

말은 생각의 소리다. 먼저 생각 창고를 풍부하게 만들어야 한다. 그러려면 많은 경험이 생각 창고 속에 들어있어야 한다. 경험은 직접 경험과 간접 경험으로 나눌 수 있다. 직접 경험은 말 그대로 자신의 몸으로 부닥치며 얻은 경험을 말한다. 간접 경험은 책을 읽거나, 누군가의 이야기를 듣거나, 영화를 보거나, SNS를 통해 얻은 경험 등을 말한다. 그런 경험으로 생각 창고가 채워진다. 생각 창고 속에 풍부한 생각이 들어있다면 그렇지 않은 사람보다 말을 잘하게 된다는 것은 당연한 이치다. 먼저 독서부터 하자.

말 잘하는 법 2 - 좋은 생각에서 좋은 말이 나온다.

좋은 말을 하자. 좋은 말은 지혜로운 생각에서 나온다. 지혜로운 생각은 긍정 마인드에서 시작한다. 좋은 생각이 좋은 말로 이어진다.

말 잘하는 법 3 - 같은 말을 해도 때와 장소를 가려서 해야 한다.

어느 곳에서는 아름다운 노래가 다른 곳에서는 소음이 된다. 분위기에 어울리는 말을 하자. 아무리 좋은 말이라도 분위기와 맞지 않는다면 귀에 거슬릴 뿐이다.

말 잘하는 법 4 - 상대가 들을 준비가 되었는지를 살펴라.

감성스피치는 인생을 바꾼다

아무리 이치에 맞는 말도 상대가 들을 마음의 준비가 되어있지 않으면 잔소리가 된다. 대표적인 예가 엄마의 잔소리다. 잔소리는 듣는 사람에게는 가시가 된다.

말 잘하는 법 5 - 진정성 있게 말하라.

대화는 주장이기도 하지만, 설득이기도 하다. 진정성 없는 말은 뜬구름이며, 실이 끊긴 연이다. 한 마디로 공허한 말이 된다. 앵무새의 말은 진정성이 없다.

말 잘하는 법 6 - 회의 시 예의 1

여러 사람이 모인 회의 자리에서는 한 사람이 말하는 것이 원칙이다. 회의할 때는 회의 주관자의 허락을 받고 말해야 한다.

말 잘하는 법 7 - 회의 시 예의 2

자기 순서가 올 때까지 기다려라. 중간에 말을 끊으면 말싸움으로 번진다.

말 잘하는 법 8 - 보디랭귀지를 활용하라.

입으로만 말하지 말고 표정으로도 말하라. 적절한 제스처를 가미하여 말하면 훨씬 설득력 있는 말이 된다.

말 잘하는 법 9 – 조리 있게 말하라.

조리 있는 말이란 앞에 한 말과 뒤에 한 말이 모순이 없는 말이다.
앞뒤가 맞게 말해야 논리 전개가 방향을 잃지 않는다.

말 잘하는 법 10 – 결론부터 말하라.

연설이나 강연이 아닌 일반적인 대화에서는 결론부터 말해야 한
다. 결론을 나중에 말하고 장황하게 설명부터 하면, 상대방은 결
론을 이야기하기 전까지는 답답해한다. 결론부터 말하고 부연 설
명하라. 결론은 간결하게 한 문장으로 정리하여 말한다.

말 잘하는 법 11 – 말은 부메랑이다.

남을 향해 쏜 화살은 자신의 가슴에 명중한다. 가는 말이 고와야
오는 말이 곱다는 옛말도 있다.

말 잘하는 법 12 – 말이 이해되지 않으면 질문하라.

모르는 걸 묻는 것은 무식하기 때문이 아니다. 모르는 것을 모르
는 채 살아가는 것이 무식한 것이다.

말 잘하는 법 13 – 칭찬, 감사, 사랑의 말을 많이 하라.

칭찬은 고래도 춤추게 하며, 감사는 새우도 허리 구부리게 하며,
사랑은 불행까지도 행복하게 바꾼다.

감성스피치는 인생을 바꾼다

말 잘하는 법 14 - 시간을 강도질하지 마라.

주제를 벗어난 말을 '잘 나가다가 삼천포로 빠진다'라는 말로 비유되곤 한다. 주제를 벗어난 말은 시간만 낭비하게 만든다. 다른 사람의 시간을 뺏는 것과 같다. 시간은 돈이다. 돈을 뺏는 것은 강도다. 주제를 벗어난 말은 다른 사람의 시간을 강제로 뺏는 강도질과 같다.

말 잘하는 법 15 - 가슴에서 우러나오는 말을 하라.

진심이 담기지 않은 말은 소음에 불과하다. 머리에서 나오는 계산이 섞인 말은 상대를 감동하게 할 수 없다. 장소와 상대에 따라서는 머리보다는 가슴의 말이 더 효과적이다.

말 잘하는 법 16 - 맞장구를 쳐주라.

맞장구를 쳐주면 말하는 사람이 신이 난다. 판소리에도 "얼쑤"라는 추임새로 맞장구를 친다. 그러면 공연하는 사람은 힘이 생긴다. 맞장구 는 말하는 사람을 응원해 주는 말이다. 맞장구를 쳐주는 대화는 즐거운 분위기를 만든다.

말 잘하는 법 17 - 과시하며 말하지 말라.

과시는 적을 만들며, 상대를 불편하게 한다. 자신을 낮추어 겸손하게 말하라. 그러면 상대는 오히려 말하는 사람을 대단하게 여긴다. 겸손하게 말하는 사람이 스피치의 고수다.

말 잘하는 법 18 - 적절한 존칭어를 쓰자.

존댓말을 쓰지 않고 말을 짧게 하면 상대방의 기분을 상하게 한
다. 반말은 싸움의 씨앗이 된다. 존댓말을 하면 오히려 자신이 존
경을 받는다.

말 잘하는 법 20 - 책임질 수 없는 말은 하지 마라.

책임질 수 없는 말을 하는 것은 자신의 무덤을 파는 것이다. 말로
한 약속도 약속이다. 약속을 어기는 사람을 신뢰하는 사람은 없
다.

말 잘하는 법 21 - 말을 못 한다고 생각되면 전문가를 찾아가서 배워라.

학교에 가는 이유는 선생님에게 배우기 위해서다. 말도 선생님이
있다. 모르면 배우는 것이 당연하다. 말하는 법을 전문가로부터
배우면 누구나 잘하게 된다. 인생에서 말하기란 정말 중요하다.
못 하면 배워서 잘할 수 있게 만드는 것은 부끄러운 일이 아니다.
말은 전쟁에 나가는 병사의 총과 같다.

말 잘하는 법 22 - 사람은 들어주는 사람을 좋아한다.

감성스피치는 인생을 바꾼다

들어주는 사람은 여유가 있는 사람이다. 신부님이 존경받는 이유는 들어줄 줄 알기 때문이다. 말 잘 들어주는 것은 말 잘하는 것보다 더 가치 있는 일이다. 듣기만 하고 말을 하지 말라는 의미가 아니다. 귀가 두 개고 입은 하나다. 다른 사람 말하는 것 반만 한다고 생각하면, 말 잘하는 사람으로 인정받는다.

말 잘하는 법 23 - 대화의 비밀을 지켜주라.

비밀은 자신의 머리끝에서 발끝까지를 벗어나면 안 되는 것을 의미한다. 말을 옮기면 신뢰를 잃는다. 다른 사람의 비밀은 무덤 속까지 가져가야 한다.

말 잘하는 법 24 - 천천히 말하라.

흥분과 초조 불안이 섞이면 자신도 모르게 말의 속도가 빨라진다. 천천히 말하려면 여유를 가지고 말해야 한다. 침착함은 상대방에게 좋은 인상을 준다. 천천히 말하면 머릿속에서 생각을 정리하며 말하게 되고 말실수도 하지 않게 되며 듣는 사람이 이해하기 쉽다. 반면에 빠르게 말하면 진정성이 줄어들고 상대방이 말을 알아듣기 힘들게 된다.

말 잘하는 법 25 - 호흡에 맞춰 발음을 정확하게 한다.

끝말을 흐리지 말고 끝까지 정확하게 발음하자. 호흡이 불안정하면 더듬거리고 흐린 말이 된다. 발음이 분명하면 듣기 좋은 말이 된다. 입은 확실히 벌리고 혀 놀림은 정확하게 한다. 또박또박 정확한 발음을 하면 안정된 말투가 된다.

말 잘하는 법 26 - 적당한 말 속도는?

적당한 말 속도는? 1분에 200자는 느리고 250~260자가 보통, 아나운서는 1분에 300자 정도 10분에 3,000자를 말한다.

말 잘하는 법 27 - 말의 강조

말이나 원고 내용에 따라 강조가 필요할 때, 톤-업 하거나 톤-다운한다. 또한, 반복하여 말하는 것도 강조하는 방법이다.

말 잘하는 법 28 - 연설 시의 자세

연설 시에는 11자로 서서 어깨너비로 다리를 펴고 허리를 세운다. 정면을 바라보고 손을 단전에 얹고 편안하게 코로 숨을 들이쉬고 후 우~하며 내뱉는다. 그러면 자신감 있게 보이며, 연설도 잘하게 된다.

말 잘하는 법 29 - 또박또박 말하기

'가, 나, 다, 라---'를 한 자 한 자 또박또박 말하는 것이 스타카토식 발음하기이다. 스피치 연습에 효과적이다. 탁, 탁, 탁 끊어서 내뱉는다. 배에 움직임을 느끼면서, 호흡을 충분히 느끼면서 발음한다.

말 잘하는 법 30 - 목 관리하기

말을 잘하려면 목을 항상 따뜻하게 관리해야 한다.

목에 좋은 것 - 따뜻한 물, 오미자차, 배즙, 도라지즙, 생강 물, 충분한 휴식.

목에 나쁜 것 - 커피, 술, 녹차, 담배, 과일, 주스, 설탕 음료, 탄산 음료, 피로 등

말 잘하는 법 31 - 막말은 하지 마라.

"무덤에 가더라도 막말은 하지 말라."는 말이 있다. 막말은 엎어진 물과 같아 다시 담을 수 없다. 그렇기에 막말은 돌이킬 수 없는 결과를 낳는다. 아무리 감정이 격하더라도 막말은 하지 말아야 한다. 막말하면 상황이 변해도 수습할 수 없다.

말 잘하는 법 32 - 상대방의 기분을 살피고 말하자.

아무리 좋은 말도 상대방의 기분이 좋지 않을 때는 좋은 말로 들리지 않는다. 잔소리라도 기분 좋을 때 하면 잔소리가 아닌 충고가 된다.

말 잘하는 법 33 - 충고는 신중하게 하자.

적절하지 못한 충고는 아는 척이 되며, 받아들일 마음의 준비가
되지 않은 사람에게는 비판으로 들린다. 충고는 아무에게나 함부
로 하는 것이 아니다.

말 잘하는 법 34 - 요점만 간단히 말하자.

장황하게 말하는 것은 상대를 지루하게 만든다. 장황한 말은 하
지 않는 것이 차라리 낫다. 설명하려 말고 요점만 말하자. 상대방
은 장황한 설명을 들을 만큼 시간이 많지 않으며, 그만큼 미련하
지도 않다. 요점만 말하는 것이 훨씬 효율적인 대화 방식이다.

**말 잘하는 법 35 - 고민을 들어주는 것만으로도 상대방에게는 약
이 될 때가 있다.**

상대방이 고민을 이야기할 때는 답을 원하는 것이 아니라 들어주
기를 원하기 때문이다. 섣부른 대답은 고민이 있는 사람을 더 혼
란하게 만든다.

말 잘하는 법 36 - 유머를 준비하자.

유머를 준비하여 말하면 재미있는 분위기를 연출할 수 있다. 유
머는 어떤 스펙보다 상대방에게 호감을 준다.

감성스피치는 인생을 바꾼다

말 잘하는 법 37 - 말로 상대를 가르치려 하지 말자.

상대는 나보다 더 많이 알고 있을 수도 있다. 가르치려 하면 건방져 보인다. 가르치려 하는 말은 상대보다 자신이 더 많이 알고 있다는 간접적인 자기 과시이다.

말 잘하는 법 38 - 친한 사이일수록 정치 이야기는 하지 말자.

정치 문제는 입장이 명확하게 다를 수 있기에 논쟁으로 이어져 관계가 멀어질 수 있다. 정치 이야기에서 답은 없다. 지인과 정치 이야기를 할 때는 그 사람의 정치적 성향부터 먼저 파악하고 말하자.

말 잘하는 법 39 - 경영하는 사람은 직원에게 동기부여 하는 말을 하자.

경영자가 부하 직원에게 일 못 한다고 타박하면 감정을 상하게 되고, 동기부여 하는 말을 하면 자발적으로 일을 하게 만든다. 경영지기 모든 일을 할 수는 없다. 직원에게 동기부여 하면 직원은 경영자처럼 일한다.

말 잘하는 법 40 - 당당하게 말하자.

당당한 말은 신뢰하게 한다. 당당하게 하는 말에는 설득력이 담긴다. 힘없는 말에 동조해 줄 사람은 없다.

말 잘하는 법 41 - 비속어, 외계어를 쓰지 마라.

말의 품위를 떨어뜨린다. 말의 품위는 곧 인격의 품위와 같다.

말 잘하는 법 42 - 쉬운 말로 하자.

말을 하다가 상대방이 이해하지 못하는 한자어나 전문 용어가 나오면 설명해 주자. 그렇지 않으면 오해가 생길 수도 있다.

말 잘하는 법 43 - 입장 바꿔 생각해 말하자.

상대방의 말에 기분이 상했다면 입장 바꾸어 생각해 보자. 같은 상황일지라도 관점에 따라 이해하는 정도가 달라진다.

말 잘하는 법 44 - 폭력적인 말은 하지 말자.

주먹으로 휘두르는 폭력은 몸을 다치게 하지만, 말로 하는 폭력은 마음을 다치게 만든다. 몸은 약으로 치료되지만, 마음을 치료하는 약은 없다.

말 잘하는 법 45 - 부드럽게 말하자.

자신의 어투를 살펴보고 부드러운지 점검하자. 부드럽지 않다면 부드럽게 말하는 연습을 하자. 부드러운 말이 부드러운 인간관계를 만든다.

말 잘하는 법 46 - 술 취해서 말하지 말자.

취중진담이라는 말은 맞지 않다. 취해서 하는 말은 횡설수설일 뿐이다. 술 취해서 하는 말은 술이 깨면 꼭 후회가 따른다. 취해서 한 말실수는 음주운전과 같다.

말 잘하는 법 47 - 말에도 뼈가 있다.

생선 뼈가 목에 걸리듯 잘못된 말은 마음에 걸린다.

말 잘하는 법 48 - 상대의 말에 집중하고 있다고 느끼게 하라.

집중하고 있다고 느끼면 상대를 신뢰하게 된다. 상대방은 더 진지하게 말한다.

말 잘하는 법 49 - NO라고 말하라.

부담되는 부탁의 말은 과감하게 거절할 줄도 알아야 한다. 특히 보증 서달라는 말을 거절하지 못하면 반드시 후환이 따른다. NO라고 말할 때는 순간이지만, NO라고 말하지 못하면 오랜 시간 갈등한다.

말 잘하는 법 50 - 대세에 지장 없으면 넘어갈 줄도 알아야 한다.

사사건건 작은 일에도 문제를 제기하면 관계는 깨어질 뿐만 아니라, 배가 방향을 잃고 산으로 향한다. 대세가 바뀌지 않을 정도의 작은 잘못은 지적하지 않는 것이 오히려 더 낫다.

말 잘하는 법 51 - 자신의 목소리를 녹음하여 들어보라.

평소 자신이 하는 말은 자신의 귀로 듣는다. 하지만, 녹음하여 들어보면 자신의 목소리가 다른 사람에게 어떻게 들리는지 알 수 있다. 말하면서 자신이 하는 말을 듣는 것과 녹음하여 다른 사람의 관점에서 듣는 것과는 차이가 있다. 녹음하여 들으며 스스로 자신이 부족한 점을 점검한다면 부족한 점을 고칠 수 있다.

말 잘하는 법 52 - 말하기 전에 머릿속으로 말하고 싶은 것에 대해 정리하자.

말을 하기 전에 머릿속에 먼저 정리 후에 말을 하면 자신이 하고 싶은 말을 빠짐없이 할 수 있다. 특히 여러 사람 앞에서 말할 때나, 중요한 말을 할 때 이러한 방법은 아주 효과가 있다. 정리되지 않은 말은 횡설수설하게 되고 나중에 후회하는 원인이 된다.

말 잘하는 법 53 - 말하기 전에 간단하게 노트하여 정리한 후 말하자.

말하기 전에 단어나 구의 형태로 먼저 할 말을 정리한 후 그것을 외운 후 순서대로 말한다면 논리적으로 말할 수 있다.

감성스피치는 인생을 바꾼다

말 잘하는 법 54 - 말하기 전에 말할 원고를 작성하자.

대중 앞에서 연설할 때나, 방송에 나갈 때는 미리 원고를 작성한 후 보지 않고도 말할 정도로 연습하자. 그래야 자신감 있게 말할 수 있다.

말 잘하는 법 55 - 강의할 때는 ppt 등을 잘 활용하자.

아무리 지식이 많더라도 말로 표현하는 것에는 한계가 있다. 예전에는 칠판에 적어가면서 설명했다면, 요즈음은 ppt 활용을 한다. 좋은 준비가 좋은 강의로 이어진다. ppt로 준비하면 강의 효과가 그렇지 않을 때보다 좋다. 또한, ppt로 자료를 준비한다면 강의 준비를 성실히 했다는 것을 직, 간접적으로 보여줄 수 있다.

말 잘하는 법 56 - 지적질하지 말자.

남의 행동에 대해 지적하면, 지적을 받는 사람은 기분이 나빠진다. 좋은 대화가 오갈 수 없는 것은 당연하다.

말 잘하는 법 57 - 상대방의 반응을 살피며 말하자.

그렇지 않으면 혼자만의 독백이 된다. 반응을 살피지 않고 말을 하는 것은 바닷속에서 사과를 따려는 것과 같다.

말 잘하는 법 58 - 백 마디 말보다 상대방의 허를 찌르는 한마디

말이 더 낫다.

촌철살인이 훨씬 더 임팩트가 있다. 촌철살인이란 작고 날카로운 쇠붙이로도 사람을 죽일 수 있다는 뜻으로, 짧은 경구로도 사람을 크게 감동하게 할 수 있음을 이르는 말이다.

말 잘하는 법 59 - 인정해 주는 말을 하자.

인정해 주면 책임감이 생긴다. 인정해 주어서 손해 볼 것은 없다. 인정해 준다는 것은 알아준다는 것이다. 예전의 장수들은 자신을 알아주는 주군을 위해 목숨을 바쳤다.

말 잘하는 법 60 - 말은 마음의 문을 여는 열쇠다.

말을 잘한다는 것은 상대방 마음의 문을 여는 열쇠다. 다른 사람 마음의 문을 여는 사람이 성공한다. 말을 잘한다는 것은 어떤 역량보다 더 좋은 능력이다.

말 잘하는 법 61 - 발음을 정확하게 하자.

남들에게서 지적을 받은 적이 있다면, 그 부분을 극복하려고 노력하자. "너의 말은 알아듣기가 어려워, 그냥 옹알거리는 것 같아." 그것은 소리를 밖으로 뱉어내지 못하기 때문에 생기는 현상이다. 발음할 때 혀의 위치에 집중하며 소리를 뱉어내자.

감성스피치는 인생을 바꾼다

말 잘하는 법 62 - 상황에 맞는 발성을 하자.

카페에서 떠드는 사람을 보면 불편하다. 이야기에 집중하다 보면 자신도 모르게 남에게 피해를 준다. 귓속말로 해야 할 때가 있고, 큰소리로 해야 할 때가 있다. 적절한 높이나 톤으로 상황에 맞게 발성하자.

말 잘하는 법 63 - 비언어적 표현을 적절하게 구사하자.

의사 전달의 수단은 언어와 비언어가 있다. 언어는 그대로 말로 표현하는 것이며, 비언어는 표정이나 제스처로 표현하는 것이다. 메라비언에 의하면 비언어적 표현이 55%이며 언어적 표현보다 더 중요하다고 말한다. 스피치 할 때, 언어, 비언어 모두를 적절하게 구사해야 한다.

말 잘하는 법 64 - 눈을 맞추고 이야기하자.

눈높이라는 학습지가 있다. 아이의 시각에서 바라본다는 의미다. 눈을 맞춘다는 것은 상대방에게 생각을 맞춘다는 무언의 표시다. 눈을 맞추며 이야기하면 이해도가 높아진다.

말 잘하는 법 65 - 상대를 설득하려면 사례를 인용하라.

사례를 인용한다는 것은 일반화의 과정이다. 주관적인 의견이 아니라 객관적인 의견이라는 것을 저변에 까는 것을 의미한다. 사례를 활용하면 상대방이 보다 쉽게 이해하게 된다.

말 잘하는 법 66 – 토론할 때는 논거(논리적 증거)에 준해서 말한다.

근거 없는 말은 설득력이 떨어진다. 상대방의 의견이 자신과 다를 때는 결론을 이야기하고 근거를 말해야 논리적인 말이 된다. 근거 없는 말은 줄이 끊어진 연과 다를 바 없이 허황하게 들린다.

말 잘하는 법 67 – 대중 앞에서 말하기 두렵다면 원고를 써서 외우자.

일반인이 대중을 상대로 말하는 기회는 드물다. 하지만 말해야 할 경우가 생긴다. 경험이 없으므로 두려움이 생기는 것은 당연하다. 그럴 때는 아예 하고 싶은 말을 써서 외우자.

말 잘하는 법 68 – 자신의 장점을 살려 말하자.

모든 것에는 일장일단이 있는 법이다. 스피치에도 장단점이 있을 수밖에 없다. 그럴 때 자신의 장단점을 먼저 분석하자. 그리고 장점을 최대한 살리자. 그러면 단점은 많은 경우 자연스럽게 묻히게 된다.

말 잘하는 법 69 – 여과된 말을 하라.

금도 제련을 통해서 금이 된다. 불순물이 섞이면 순도가 떨어진다. 함부로 하는 말은 여과되지 못한 금과 같이 가치가 떨어진다.

말 잘하는 법 70 - 정보에 민감하라.
뉴스나 SNS 등에는 수많은 정보가 넘쳐난다. 말을 잘한다는 것은 얼마나 많은 정보를 가지고 있느냐가 좌우한다. 라디오, 텔레비전, 영화, 독서, 논문, 유튜버 등을 이용하여 필요한 정보를 수집하자.

지금 자신의 말을 점검해 보자. 그리고 한 단계 더 말솜씨를 업그레이드하기 위해 노력하자. 자신의 인생이 한 단계 더 상승하게 될 것이다. 말 잘하는 법 70가지를 적었다. 어쩌면 이 모든 말이 상식에 속할 것이다. 하지만 막연하게 알고 있는 것보다 한 가지씩 구체적으로 읽고 자신의 말 현실과 비교해 보면 자신의 말 길이 보일 것이다. 알고 있는 것과 실천하는 것은 다르다. 운전면허 시험에서 필기를 100점 맞더라도, 연습하지 않으면 운전을 할 수 없는 것과 같다. 말, 말, 말 좀 잘했으면 좋겠나고 생각하는 사람이라면, 위의 70가지 말 잘하는 법 중에 하루에 하나라도 실천하면 말 잘하는 사람이 될 수 있을 것이다.

호흡과 발성

말은 음성이다. 좋은 옷감이 있어야 좋은 옷을 만들 수 있듯이 좋은 음성은 좋은 스피치를 만드는 필수 도구이다. 미국의 사회학자 앨버트 메르비안은 의사 전달을 하는 데 있어서 목소리가 차지하는 비중을 38%라고 했다.

⊙ 발성, 발음 잘하는 스킬

말은 전달력이 높아야 한다. 말할 때 기본 발음, 기본 발성에 신경 써야 한다. 전달력이 높으면 높을수록 말을 잘하는 사람이 된다. 그러기 위해서는 말하기 전에 혀, 입술, 얼굴, 턱 등 조음기관을 부지런히 움직여 근육을 풀어준다. '입 안에서 적극적 준비 운동을 하는 것이 좋다. 입술 풀기, 혀 털기, 혀 돌리기, 똑딱똑딱 등'

⊙ 국어의 모음은 21개이다.

단모음은 'ㅣ, ㅔ, ㅐ, ㅏ, ㅜ, ㅗ, ㅓ, ㅡ, ㅟ, ㅚ' 10개이며, 입 모양이 바뀌지 않는다.

이중모음 'ㅑ, ㅕ, ㅛ, ㅠ, ㅒ, ㅖ; ㅘ, ㅝ, ㅙ, ㅞ, ㅢ' 11개이며, 입 모양이 바뀐다.

◉ 19개 정확한 자음 위치 조음점

'ㅁㅂㅃㅍ'는 두 입술이 붙었다가 떨어지면서 나는 소리

'ㄴㄷㄸㄹㅅㅆㅌ'은 혀끝이 윗니 뒤쪽 윗잇몸 쪽에 닿으면서 나는 소리

'ㅈㅉ'은 혀에 앞부분이 경구개(입천장 앞쪽의 단단한 부분)에 닿으면서 나는 소리

'ㄱㄲㅋㅇ'은 혀의 뒷부분이 연구개(입천장 뒤쪽의 연한 부분)에 닿으면서 나는 소리

'ㅎ'은 목구멍 쪽에서 나는 소리다.

자음 점을 정확히 알고 발음해야 제대로 말이 된다.

◉ 5음(아이우에오) 발성법

바닥에 누워서 등을 누르며 '아~이우에오'소리를 낸다.

벽에 기대 자세로 '이 ·~~'소리를 낸다.

복식호흡 '아이우에오'소리를 낸다.

◉ 칠음(각. 인. 선. 지. 정. 원. 심) 발성법

가부좌 자세에서 눈을 감고 복식호흡을 하면서 단전을 단련시

킨다. (칠음은 법문이 아니며, 종교적 주문도 아니다) 돗자리를 펴놓고 그 위에서 가부좌 자세를 하고 "각인선지정원심" 또박또박 한 자씩 발음한다. 아무런 생각을 하지 말고 음에 집중하여 주문을 외듯이 한다. 계속 연습하면 소리가 달라진다. 이 책을 읽는 독자는 산이나, 계곡 등에 가면 꼭 해 보기를 바란다.

각(폐) 인(심장) 선(간) 지(심장) 정(간) 원(신장) 심(비장)은 인체의 근육과 근력을 단련하는 발성 수련문이다. 목에서부터 단전에 이르는 소리통로를 열어주는 확실한 발성 주문이다.

◉ 호흡과 발성 강화 방법

호흡 종류

흉식호흡은 복부, 가슴, 목, 어깨를 활용하는 호흡

복식호흡(배호흡)은 횡격막의 신축에 따라 배를 폈다 오므렸다 해서 하는 호흡

단전호흡(丹田呼吸)은 단전에 의식을 두는 호흡.

발성 강화 방법

1. 소리를 내뱉듯이 볼륨을 맞춘다. "아아아아아" 한번 올리고 한번 내리며, 소리를 앞으로 뱉으며 한다.

2. "음~~~ 아~~~"이때 입의 천정이 울려야 하며, 앞니가 떨려야 한다.

비강이 발달한 사람이 유리하다.

3. 바이브레이션(목소리를 떨림)으로 "아～아～아～아～아～"이때, 복식호흡은 필수다.

4. 입술에 힘을 주고 "아～아～아～아 ～아～"15초 이상을 한다.

◎ 발성 연습법

발을 어깨너비로 벌리고 양쪽 발에 힘을 똑같이 주고 바른 자세로 선다.

손가락을 붙이고 손을 편 다음 엄지손가락을 배꼽에 댄다. 손바닥이 닿는 곳이 단전이다.

소리를 낼 때마다 단전을 힘 있게 누른다.

턱을 들지 말고 정면을 본 상태에서 목구멍의 근육을 최대한 크게 이용한다.

입을 크게 벌리며 소리 낸다.

소리 높이는 [도레미파솔라시도] 중에 솔의 높이로 한다. 다음을 반복하여 연습한다.

아~1초, 아~2초, 아~3초, 아~4초, 아~5초, 아~~10초, 아~~~20초, 아~~~30초

참고로 일상에서 가장 많이 쓰는 음은 '미'다. '미' 정도 음의 높이(톤)는 화자가 말하기 편하고 청자도 듣기에 편하다. 하지만 발성

연습은 '솔'의 높이로 하는 것이 좋다.

'파' 음은 연설할 때 쓰면 좋은데, 강조할 때는 '라' 음 정도로 높인다.

◑ 발음 연습

거울을 보며 정확한 입 모양을 만들고 스타카토 식으로 한 자 한 자 발음한다. 반복하면서 속도를 점점 빠르게 한다. 그리고 가로로 하고 세로로 한다.

가 갸 거 겨 고 교 구 규 그 기
나 냐 너 녀 노 뇨 누 뉴 느 니
다 댜 더 뎌 도 됴 두 듀 드 디
라 랴 러 려 로 료 루 류 르 리
마 먀 머 며 모 묘 무 뮤 므 미
바 뱌 버 벼 보 뵤 부 뷰 브 비
사 샤 서 셔 소 쇼 수 슈 스 시
아 야 어 여 오 요 우 유 으 이
자 쟈 저 져 조 죠 주 쥬 즈 지
차 챠 처 쳐 초 쵸 추 츄 츠 치
카 캬 커 켜 코 쿄 쿠 큐 크 키

타 탸 터 텨 토 툐 투 튜 트 티
파 퍄 퍼 펴 포 표 푸 퓨 프 피
하 햐 허 혀 호 효 후 휴 흐 히

-아래의 글을 한 자씩 끊어서 같은 방법으로 6번 연습한다.
나/를/귀/히/여/기/고/나/를/바/로/세/우/고/
우/주/관/을/지/닌/이/세/상/에/소/중한/주/연/이/된/다/
나/는/오/늘/부/터/큰/소/리/로/말/을/한/다/
내/생/각/이/바/르/고/나/의/주/장/이/옳/은/데/
누/가/감/히/내/말/을/막/을/것/인/가/
그/무/엇/을/두/려/워/하/겠/는/가/
소/신/있/게/행/동/하/며/내/목/소/리/내/신/념으/로/
하/늘/도/울/리/고/땅/도/울/리/도/록/
목/을/놓/아/외/칠/것/을/굳/게/다/짐/한/다/

하루에 10분씩 언습하년 탁월한 효과가 나타난다. 가능하면 아침에 연습하는 것이 좋다. 목에 너무 무리가 가지 않도록 주의한다. 위의 내용이 아닌 다른 내용으로 연습해도 좋다.

◎ 호흡을 알면 스피치가 달라진다

자신의 호흡(복식호흡, 흉식호흡, 단전호흡)을 진단하여 교정한다.

숨쉬기 속도 진단

1분 동안 몇 번 숨을 마시고 내쉬는지 체크한다.(숨의 중심점은 단전이다) 1분에 12이하가 좋다. 이때 숨결에 집중하고 양손을 배꼽 밑에 두며 들숨 때 아랫배가 밖으로 나오며, 날숨 때 배가 안으로 들어가게 한다.

호흡 방법

1. 천천히 코로만 들이마시고 숨을 멈추고 4초 입으로만 뱉어내기 4번 하고 호흡 정리를 하루에 15분씩 1주일에 4회 이상 꾸준히 하게 되면 호흡의 질이 달라진다.

2. 기마자세에서 양손의 검지와 엄지를 닿게 하여 다이아몬드 형태로 만든 후, 바닥 쪽의 땅 기운과 위쪽 하늘 기운을 단전에 담는다. 코로 숨을 들이마신 후, 숨을 참고 입으로 뱉어내며 복식호흡을 한다. 이때 주의할 점은 목, 어깨, 팔 등 상체의 힘을 완전히 뺀 다음 하체는 발바닥 밑 용천(발바닥의 한가운데 옴폭 들어간 부분)에 의식을 둔다. 호흡이 떨어지기 전

에 상체 힘이 들어갈 수 있으므로 상체의 힘을 완전히 뺀다.

3. 호흡을 코로 들이마시고 멈추고, 천천히 내뱉고 하는 호흡 조절 연습을 한 달 동안 매일 15분씩 한다. 20대는 2개월, 30대는 3개월, 40대는 4개월 등 자기 나이대에 따라 루틴이 되게 했을 때 그 놀라운 효과는 해낸 사람만이 느낄 수 있다.

4. 기마자세 상태에서 호흡을 정석으로 하게 되면 처음엔 아랫배 단전에 메추리알 같은 작은 근육이 생기고 6개월 이상하면 달걀 크기의 근육이 생긴다. 2년이 지나면 고구마 같은 크기의 근육이 생기게 된다. 그러면 웬만해서는 피곤하지 않고 목소리가 맑아지고 공명이 생겨나며 저음과 고음이 자유롭게 된다. 또한, 다리, 허벅지, 엉덩이, 종아리에 근력이 생겨서 건강한 얼굴빛이 되며 혈색이 좋아진다.

● 복식호흡을 해야 하는 이유

'동양음양오행법'에서는 들숨으로 기운을 보호하고 날숨으로 세포를 살려내는 세포대사를 일으킨다고 되어있다. 한 마디로 종합의학이 호흡이다. 숨을 잘 쉬는 사람(복식호흡을 하는 사람)은 아랫배도 자연히 사라지고 단전에 단단한 근육이 생기며, 속 근육이 생겨 빛이 나는 목소리에 알맹이가 꽉 찬 찰진 공명의 소리가 나와 매력적인 사람이 된다.

제대로 된 숨을 쉬는지 한번 확인해 보자. 오른손은 가슴에 왼손은 아랫배 단전에 두고 숨을 자연스럽게 쉬어 본다. 편안하게 자세를 취하며 긴장을 풀고 평소처럼 숨을 쉰다. 숨을 쉬는 횟수가 1분에 12번 이하가 정상이다. 14회 이상이면 평소 호흡이 숨이 좀 가쁘고 성격이 급하거나 매사에 동동거리면서 바쁘게 행동하는 편이다. 심장에 무리가 있거나 신장이 안 좋을 수도 있으며, 허약체질 내지는 비만 체질일 수도 있다. 당신은 몇 번 숨을 쉬는가?

갓 태어난 아기는 복식호흡을 한다. 성장하면서 가슴호흡(흉식호흡)을 많이 하게 되는데, 가슴호흡은 공기량 흡입이 적어서 호흡을 빨라지게 하며 혈관 수축의 원인이 된다. 혈관이 수축하면 세포 대사가 원활하지 않게 된다. 그것은 세포를 위축되게 만들어 스트레스와 우울증의 원인이 되기도 한다. 또한, 적은 공기량은 산소를 부족하게 만들고 그것은 노화로 이어진다. 결국 제대로 숨을 쉰다는 것은 산소가 몸의 구석구석을 다니면서 세포를 건강하게 만든다는 의미다. 공명이 있는 청아한 목소리로 좋은 스피치를 하려면 흉식호흡보다는 복식호흡을 해야 한다. 호흡은 스피치뿐만 아니라 건강의 척도가 달라지는 종합의학이다.

제 4 장

다양한 스피치의 세계

스피치의 세계는 다양하다. 상황에 따라 스피치의 내용과 방법이 달라지기 때문이다. 연설할 때나 사회 볼 때, 자기소개할 때, 인터뷰할 때, 웃음 스피치, 레크리에이션 스피치 등등 헤아릴 수 없이 많다. 스피치는 나무와 같아서 몸통과 여러 갈래의 가지가 있다. 그리고 그 가지에 잎이 달리고 꽃이 피고 열매 맺는다. 스피치의 몸통이 되는 기본은 하나이기에, 기본을 튼튼하게 잘 갖추면 기본에서 응용되는 여러 가지 스피치를 잘 구사할 수 있다. 이 장에서는 다양한 스피치 세계에 대해 살펴보기로 한다.

첫인상을 결정하는 자기소개 스피치

새로 만나는 사람은 신대륙이다. 어떤 사람을 만나느냐에 따라 인생이 바뀐다. 낯선 사람과 낯선 장소에서의 모든 대화는 자기소개부터 시작한다.

사람을 사귀는데 효과적인 방법으로 난 당신과 친해지기를 원한다는 것을 알린다. 자연스럽게 얼굴과 이름을 기억하고 다음에 만나면 이름을 불러준다. 만남이 반복될수록 그 사람에 대한 정보를 알게 되고 동시에 그 사람의 개성을 접하며 자연스러운 관계를 형성한다. 만약 취미나 특기, 학연이나 지연 등 공통분모가 있다면, 공통의 관심사가 생겨 더욱 친근감을 느끼며 쉽게 교제할 수 있게 된다. 나아가서는 상대방이 어떤 생각을 하며 사는 사람인지를 알게 되고 관계가 깊어지게 되기도, 그 반대일 수도 있다.

스피치 감성 아카데미 교육원에서 강의를 처음 시작할 때, 자신을 소개하는 법을 강의한다. 다음은 필자가 자기소개를 자기 이름 3행시 법과 5지법으로 자신의 전문성과 장점에 대해 키워드를 통해 소개하는 법이다.

이름 3행시 자기소개법

KSA 감성 리더십 스피치 동료 여러분, 제 이름은 이소희입니다.

이소희를 사용하여 저의 소개를 삼행시로 해 보겠습니다. 운을 띄워주시겠습니까?

이 – 이소희를 만나게 되면
소 – 소중한 것을 창조하게 되고
희 – 희망 속에서 평화의 노래를 부르게 될 것입니다. 제 이름은 이소희입니다.

자기소개 오지법

엄지 = 자신의 이름
검지 = 사는 곳
중지 = 하는 일
약지 = 오게 된 동기
소지 = 앞으로 꿈 (나아가고자 하는 방향)

제 이름은 이소희입니다.
제가 사는 곳은 달동 현대해상 동평중학교 옆입니다.
제가 하는 일은 감성 스피치 아카데미를 운영하고 있습니다. 제가 이 일을 하게 된 동기는 스피치를 통해 많은 사람이 더 나은 삶을 살게 되기를 바라서입니다.

제가 앞으로 할 일은 제 경험과 제 경력이 필요한 곳에 공헌하는 것입니다.

제 이름은 이소희입니다.

하면서 먼저 시범을 보인다.

"이제 선생님들 차례입니다. 시작하기 전에 먼저 당부를 드립니다. 이 앞에 나오시는 강사님이나 동료를 위해서 우렁찬 격려의 박수를 보내 주십시오. 여러분의 박수는 강사나 동료에게 용기를 주기 때문에 아주 중요합니다. 박수는 분위기를 좋게 해 주며 준비 운동이 되기도 합니다."

이렇게 한 후 한 사람씩 앞으로 불러내어 자기소개를 시킴으로 강의를 시작한다. 자기를 소개하게 하는 것은 여러 가지 효과가 있다. 처음 강의를 시작하면 강의를 받기 위해 참석한 사람은 서로 모르는 경우가 많다. 그러하기에 여러 사람에게 자신이 누구라는 것을 알리는 의미가 있다. 또한, 처음이라 서먹한 분위기를 해소하는 효과도 있다. 스피치 강의를 수강하러 오는 사람 중에는 이미 잘하고 있지만, 더 자신감 있게 완벽하게 더 프로답게 잘하기 위해서 오는 사람도 있다. 하지만 대부분은 여러 사람 앞에서 말을 해 본 적이 많이 없는 사람이다. 앉아서 소수와 이야기하는 것과 여러 사람이 모인 가운데 앞에 나가 말을 하는 것은 다르다. 앞에 나가 여러 사람 앞에서 말하는 것을 두려워하는 사람이 많다. 그런 사람에게 자신을 소개하는 것으로 그 두려움의 벽을 깨는 효과도 있다.

◐ 처음 만날 때 알아두면 좋을 몇 가지 TIP

1. 악수 매너

악수하기 전에 상대방과의 심리적 안전거리 60cm 정도의 간격을 두고 상대의 눈 밑 와잠을 바라보면서 악수한다. 간격이 너무 가깝거나 너무 멀면 악수의 의미가 흐트러질 수가 있기에 상대방과의 거리를 염두에 두고 한다. 악수는 손을 살짝 힘주어 잡고 2초 후엔 놓는다. (오랜 지인이나 반가운 잘 아는 관계는 예외다) 너무 꽉 잡거나 옆으로 흔들어도 결례다. 악수 신청은 여자, 연장자, 선배, 상급자 등이 먼저 요청한다.

2. 명함 매너

명함은 반드시 일어서서 가슴과 허리선 사이에서 손을 내밀어 상대방이 잘 볼 수 있게, 소속 혹은 이름을 말하며 전달한다. 주의할 점은 허겁지겁 호주머니에서 명함을 꺼내지 말고, 미리 준비한다. 명함을 받은 후에도 지갑에 깨끗하게 단정하게 넣는다. 그리고 명함을 받은 후 상대방을 소중한 지인으로 인맥 숲으로 잘 지내거나 알고 지내고 싶다면 24시간 내 너무 이른 새벽 너무 늦은 시간을 피한 시간에 "어제 어디서 만난 누구입니다. 다음에도 좋은 곳에서 만나 뵙기를 희망합니다."라고 문자를 넣는다.

3. 인사 매너

인사는 크게 나누어 3종류로 나눌 수 있는데 15도 30도 45도가 있다. 목례는 15도 정도 가볍게 눈인사와 함께한다. 화장실에서나 대화나 전화 통화 중 그리고 명함을 주고받을 때, 그리고 지나칠 때 가볍게 하는 인사이다. 보통례는 30도 정도 굽힌다. 일반적인 상황에서 통상적으로 하는 인사이다. 이때 고개를 숙이는 것이 아니고 허리와 엉덩이로 30도 각도로 숙이면 고개가 자연스럽게 정중히 인사하게 된다. 이때 1초 정도 멈춘 후 '음 미소'를 띠고 고개와 허리 엉덩이를 펴면서 올라오듯 한다. 정중례는 45도 정도 굽힌다. 사과할 때나 감동하였을 때 등 두 가지 의미로 하는 인사이다. 이때는 숙여서 1초 정도 멈춘다.

4. 사람의 이름을 잘 기억하는 방법(IRA)

임프레션(Impression)은 인상을 의미한다. 사람을 처음 만나게 되면 인상을 관찰한다. 긴 생머리나 큰 눈, 오뚝한 코, 안경 착용 표정제스처 여부 등의 독특한 특징을 기억하고, 이 특징이 마음속에 영구적인 인상을 만든다.

레프티션(Repetition)은 반복을 의미한다. 마음속으로 그 사람의 이름을 반복하고, 그 사람과 대화할 때 가능한 한 이름을 많이 사용하면 기억하기가 쉽다. 자신을 소개할 때 이름을 또박또박 불러 주면 상대방도 자신을 기억하기 쉽다.

어소시에이션(Association)은 연상을 의미한다. 상대방의 이름과 그 사람을 연상하게끔 하는 단어나 분위기, 행동을 연관시킨다.

KSA 감성 리더십 스피치 아카데미 제○○기 수료식

식전행사

<사회 조경현, 정재양>

소경현, 정재양 님의 지인이신 ○○ 님의 기타 연주와 노래로 수료식, 축제의 장을 열겠습니다. ○○ 님을 큰 박수로 모시겠습니다.

-노래-

정재양 : 오늘 축제의 첫 장을 열어주신 ○○ 님께 다시 한번 큰 박수 부탁드립니다.

오늘 수료식을 축하하러 오신 초대 가수를 소개하겠습니다. '옆집 남자'의 가수 차재민 님을 무대로 모시겠습니다. 열렬한 박수로 환영해 주시기 바랍니다.

-노래-

바쁘신 중에도 멀리서 오셔서 축제 분위기를 뜨겁게 열어주신 초대 가수 차재민 님께 다시 한번 우렁찬 박수 부탁드립니다.

수료식 진행

〈사회소개〉

조경현 : 잠시 후에 감성 스피치 아카데미 ○○기 수료식을 시작하도록 하겠습니다. 오늘 1부 사회를 맡은 호감 스타 조경현, 정재영 인사드리겠습니다. 소지한 휴대폰은 진동모드로 변환해 주시기 바랍니다.

정재양 : 다음은 임경현 기장님께서 개회선언이 있겠습니다.

〈개회선언〉

임경현 : 지금부터 KSA 감성리더십 스피치 아카데미 제○○기 수료식을 시작하겠습니다. 이하 국민의례는 생략하겠습니다.

〈내빈소개〉

조경현 : 오늘 수료식을 빛내주시기 위해 귀한 걸음을 해 주신 내빈을 소개해 드리겠습니다. 한분 한분 소개할 때마다 힘찬 박수로 화답해 주시면 고맙겠습니다.

감성스피치는 인생을 바꾼다

울산을 향한 애향심으로 열정적으로 활동하고 계시는 ○○○ 의원님 참석하셨습니다. 용기를 가지고 스피치 등록을 하셔서 모두에게 본보기가 되신 ○○○ 목사님 참석하셨습니다. 환경학 박사이며, 로터리 총재이신 ○○○ 님 참석하셨습니다. K 신문사 ○○○ 대표님 참석하셨습니다. KSA 감성 리더십 아카데미 선배이신 천병욱 회장님 참석하셨습니다. 심상보 기장님 참석하셨습니다. 선배이자 라이언스 총재이신 ○○○ 님 참석하셨습니다. 정다연 선배님, 송상옥, 정은영 선배님께서 축하해 주시러 오셨습니다. 감사드립니다.

다음 기수에 재수강하실 송다교 선생님. 최창원 선생님, 김미성 선생님. ○○○ 박사님, ○○○ 작가님 외 여러분이 참석하셨습니다. 또한, 개인 스피치 코칭을 받고 계시는 장은겸 선생님, 하덕진 선생님, 정병수 선생님, 최민석 선생님 외 그룹 코칭을 받고 계시는 여러 팀 선생님들이 참석하셨습니다.

오늘 수료하시는 분들의 지인을 소개해 드리겠습니다. 임경현 기장님이 지인이신 울주군 모상협의체 ○○○ 국장님, 대학생 A, B, C, D님이 오셨습니다. 정재영 선생님의 지인 ○○○ 님. ○○○ 님, 손윤희 선생님의 지인 ○○○ 님, 유순옥 선생님의 지인 ○○○ 성악 교수님, ○○○ 대표님 참석하셨습니다. 그 밖에도 많은 분이 참석하셨는데 시간 관계상 나중에 함께 소개하도록 하겠습니다.

참석하신 내빈과 수료생 여러분, 오늘 수료생의 발표와 선배님의 축하 시 낭송 그리고 이소희 교수님의 아가페 시간과 맛난 뷔페 쇼, 참석하신 모든 분과의 친교의 시간으로 즐겁고 좋은 시간 되셨으면 합니다.

다음으로 KSA 감성 리더십 스피치 아카데미 선배이자 예비 강사이신 김량희 선생님의 KSA 원훈 워밍업이 있겠습니다. 김량희 선배님 앞으로 모시겠습니다.

〈과정보고〉

다음은 임경현 기장님께서 과정 보고가 있겠습니다.

임경현 기장 : KSA 감성 리더십 스피치 아카데미 00기 교육은 2018년 8월 25일 수요일 첫 수업을 시작해서 12주 동안 이소희 지도교수님의 끝없는 지성과 뜨거운 열강으로 우리 모두를 우주관을 지닌 주인공으로 이끌어주셔서 오늘 수료식을 하게 되었습니다. 감사드립니다.

〈인사〉

먼저 사랑하고 존경하는 이소희 지도교수님의 인사 말씀이 있겠습니다.

이소희 : 네! 오늘 수료식을 축하하기 위해 각계각층에서, 많은 분

이 참석해 주셨습니다. 감사드립니다. 그리고 수료생 여러분 수료식을 축하드립니다.

'학문의 뜻을 둔다는 15세를 지학이라 하며, 자기 뜻을 세운다는 30세를 이입, 세상 유혹에 흔들리지 않는다는 40세 불혹, 하늘이 부여한 복대로 순리대로 살아간다는 50세 지천명, 귀가 순하고 모든 걸 알아듣고 승화한다는 이순, 70세는 '고희이종심소욕불유부'라고 하여, 내 마음이 하고자 하는 대로 규범에 넘치지 않으며, 인격이 완성에 이르렀다.'라고 공자는 말했으며, 배우는 걸 게을리하지 않았고 가르치는 것에도 게을리하지 않는 본보기가 되었습니다. 우리도 그 말을 교훈 삼아 죽는 날까지 배우고 가르치는 삶을 살아야 할 것입니다.

듣지 못하는 사람은 귀머거리이며 말을 잘할 수 없습니다. 귀가 열려야 잘 들을 수 있습니다. 말은 사람에 따라 어떻게 해석하느냐에 따라 달라집니다. 소심한 사람에겐 진정한 용기를 내라고 말해야 하고 설치는 사람에겐 기다릴 줄 알라고 말해야 합니다. 제자가 어떤 성향이냐에 따라 교육하는 방식도 달라집니다.

가장 어리석은 사람은 부모가 돌아가신 뒤에 후회하며 눈물지으며 제사상 상다리 부러지게 차리는 사람입니다. 지금 바로 옆에 있는 사람을 귀하게 대하지 않는 자가 가장 어리석은 사람입니다. 그런 사람이 바로 내가 아닌지 반성해야 합니다.

사람 관계에서 가장 중요한 것은 예의입니다. 지금은 인간성 상실

시대라고 말합니다. 부모, 아이, 이웃, 자기 자신, 우리 스스로가 바른 정신을 갖고 주변을 밝히는 등불이 되시길 기원합니다.

작은 약속, 작은 시간, 나보다 못한 아랫사람과의 약속을 귀하게 여겨야 집안에서부터 리더가 될 수 있습니다. 많은 사람을 만나면서도 풍요 속에 자신이 만든 절대 고독이란 우물 안에 있을 때 진정한 리더가 됩니다.

직업에 청춘을 묻고 뼈를 묻을 각오로 창조적, 철학적 절대 고독을 이겨 내야만 하늘이 넓고 푸르고, 하늘이 누구에게나 공평하다는 걸, 사람은 누구나 하늘이라는 것을, 하늘이 아름답다는 것을 느낄 수 있는 성공자가 될 것입니다.

대한민국은 일제 강점기를 겪고 새마을 운동으로 살만해지나 했더니 IMF 시대가 왔습니다. 하지만 특유의 근면한 근성으로 잘 이겨 내어 일본을 제치고 전자 부분 등 많은 분야에서 세계 1위에 올랐습니다. 하지만 자살률 1위, 이혼율 1위라는 불명예 속에 있기도 합니다. 언제부터인가 나라가 흔들리고 있습니다. 더 좋은 세상, 살맛 나는 세상을 만들어 준다고 하여 뽑은 정치인 중에는 많은 사람이 민생은 아랑곳하지 않고 개판이나 치고 있습니다. 요즘 공직기강이 무너졌으며, 서로 믿을 수 없는 세상이 되었습니다.

또한, 이혼, 재혼, 다혼, 졸혼이 만연하고 있습니다. 사회의 기본인 가정이 흔들려 어린아이는 정서불안에 시달리고 사회는 범죄가 만연하고 있습니다. 어른들의 방황으로 사회 문제가 많아지고, 이상한 형태의 사건 사고가 빈번하게 일어나고 있습니다.

그것을 극복하기 위해서는 한 사람 한 사람이 인생 계획서를 쓰고 위시리스트, 버킷리스트, 투두리스트를 작성하여 사명 의식을 갖고 자신을 귀히 여기고 바로 서야 합니다.

한 알의 씨앗, 나 자신 한 사람은 아주 작은 것에 불과하지만, 하늘과 땅, 바람, 공기, 햇빛이라는 대자연의 원칙 속에 싹을 틔우고 새잎이 자라서 열매를 맺을 때 작은 것은 큰 가치로 발현됩니다.

이제 KSA감성리더십 스피치 명강사 교수 기법, MC 스킬, CS 매너 과정으로 힘을 얻은 여러분은 삶의 열쇠를 갖고 시작점에 서 있습니다. 자신이 만나는 사람마다 1% 더 성장하게 해 주고 자신이 가는 곳마다 1%라도 밝아지게 해야 합니다. 선한 영향력으로 주변을 빛내는 겸손한 사람, 섬기는 자세, 영원히 배운다는 자세로 좋은 생각, 밝은 미소, 책임 있는 행동으로 의리 있고 신뢰받는 존귀하고 존중받는 사람이 되어야 합니다.

울산 대표 강사를 넘어 대한민국의 밝은 꿈을 현실로 이루어 내는 믿음직한 진정한 멘토가 되시길 기원합니다. 또한, 먼 훗날 커다란 열매를 맺을 수 있는 큰 나무가 되어 많은 이가 쉬어가고 힘이 되는 아름다운 지도자와 봉사자가 되시길 바랍니다. 교육받느라 과제 해오느라 수고 많이 했습니다.

정재영 : 우리 모두를 주인공으로 이끌어주신 지도교수님께 다시 한번 힘찬 박수 부탁드립니다.

행사에서 참석자 키워드로 소개 스피치

어떤 행사나 모임 시에 참여자를 소개하는 순서가 있다. 사회자가 내빈과 참여자를 소개할 때는 간단하게 신분과 이름 정도만 소개하는 경우가 있고, 좀 더 자세하게 그 사람의 장점 내지는 특징을 함께 소개하는 때도 있다. 다음은 장점과 특징을 함께 소개하는 사례이다. 모임 시작하기 전, 소개할 한 사람 한 사람을 연상하며 기록하면 좋은 소개를 할 수 있다.

수료식에서의 참석자 소개 사례 (감성 보컬 트레이닝 수료식)

감성 보컬 트레이닝 수료식에 참석해 주신 여러분께 감사드리며 참석하신 분을 소개해 드리겠습니다. 호명되시는 분은 그 자리에서 일어나 인사해 주시기 바랍니다.

이분의 아코디언 실력은 올림픽 챔피언급이며 봉사 정신은 천사급입니다. 행사장마다 섭외 1순위 인기 대박인 이재숙 원장님 참석하셨습니다.

알토 아카데미 울산지회 이상근 원장님 참석하셨습니다. 선한 영향력으로 주변에 훈훈한 미담을 많이 만드는 호인입니다.

울산 시민 건강산악회 최대홍 산 대장님 참석하셨습니다. 사람 좋고 푸근하셔서 회사 내에서나 사회에서 많은 존경을 받고 계시며, 리더십이 탁월하여 후배들이 많이 따르는 분이십니다.

윤창영 작가님 참석하셨습니다. 일당백은 들어보셨죠. 제가 붙여준 닉네임은 일당백만이신 귀한 재능을 가지신 작가입니다.

그 옆에 박미향 대표님 참석하셨습니다. 인문학 카페 이야기 끓이는 주전자 대표이며 문화 불모지 울산에서 인문학의 꽃을 피우기 위해 노력하는 분입니다. 미모도 출중하시죠?

고광원 회장님 참석하셨습니다. 가수가 울고 갈 정도로 노래를 맛깔나게, 감칠맛 있게 잘 부르십니다. 늘 깨끗하고 깔끔한 모습으로 나이에 상관없이 두루두루 소통을 잘하시는 분입니다. 팔순이 넘었는데도 왕성하게 활동하고 계시며, 저희의 멘토로 노후 모델이 되시는 분입니다.

정다연 대표님은 주변 사람을 발전시키는 긍정 마인드를 지녔습니다. 좋은 마음 선한 마음씨로 가수, 배우 등 연예인과 일반인이 많이 찾는 정다연 헤어 공간의 대표입니다. 감성 스피치 아카데미 6기로, 각종 행사, 시 낭송, 노래 단체회장님이기도 합니다. 이번에는 유엔 평화 모델 지회장으로 많은 사람에게 무대에 설 기회를 준 울산을 대표하는 여성입니다.

오세비 가수님은 분위기에 맞춰서 흥겹고 감미로운 노래를 자유자재로 부르며, 무대를 이끌어가는 탁월한 가수입니다. 아주 밝은 성격의 소유자이며, 주변을 기분 좋은 분위기로 바꾸는 솔선수범하는 보배 같은 분입니다.

최배달 님은 수수함 속에 진심 어린 인간미가 풍겨 나오는 분입니다. 십리대밭 봉사단장으로 사회에 건전함과 따뜻함을 나누어주는 신사입니다.

유진 님은 가냘프고 날씬함 속에 아름답고 호소력 있는 목소리로 노래를 부르기에 누구나 빠져들 수밖에 없게 만드는 선한 인상의 아름다운 여성입니다.

김시완 님은 열정적이며 다양한 재주가 많으신 분입니다. 사회자로도 가수로도 그밖에 다양한 활동을 펼쳐나가시는 밝은 분입니다.

김나경 님은 에너지 넘치고 긍정적인 마인드로 남을 위해 봉사하는 분입니다. 미모도 반짝거리게 예쁘고 마음씨까지 아름다운, 미래의 노래 강사입니다.

최호식 님은 훤칠한 신체의 우월한 유전자를 부모님에게 물려받은 원조 미남입니다. 탁월한 리더십과 행동력으로 어디에 가든 그곳에 도움이 되는 재능을 제공하는 훌륭한 분입니다.

노상원 님은 진정성 있는 인간미와 항상 노력하는 열정을 갖추고 있으면서도 겸손한 분입니다. 늘 남을 배려하며 마술공연을 펼치는 울산 최고의 마술사입니다. 웃음 스피치, 레크리에이션, 기체조 등 다양한 분야에서 활동하시는 시니어 모델입니다.

김상한 님은 상대방을 배려하는 넓은 마음씨와 깊은 안목과 지혜로, 노후를 대비해서 공부하시는 분입니다.

박성식 님은 솔직하고 밝은 모습에 당당하신 분입니다. 주변을 배려하고 소통과 화합의 본보기로서 저희가 배울 점이 많은 분입니다. 그리고 소탈함으로 주변을 편안하고 따뜻하게 하시는 분입니다.

귀한 시간을 내어 참석해 주신 여러분께 다시 한번 진심으로 감사드립니다. 그 외 많은 분이 참석하셨지만, 시간 관계상 참석자 소개는 이것으로 하고 시간이 되면 틈틈이 소개토록 하겠습니다.

웃음 스피치

웃음과 박수에도 철학이 있다. 먼저 박수는 첫째, 겸손에서 출발한다. 둘째, 가슴이 열려야 남을 향해, 세상을 향해 진심으로 박수 쳐줄 수 있다. 셋째, 남을 응원하는 섬김의 자세가 있어야 한다.

넷째, 세상을 향한, 모든 것을 향한, 마음의 브레이크가 걸리지 않아야 한다.

너그러운 마음이 있어야만 어린아이 같은 천진난만한 웃음이 나온다. 내 가슴이 먼저 열려야 화사한 웃음이 나온다. 마음을 비워야 진정한 웃음이 나온다. 불만이 가득하거나 부정적인 생각이 있으면 웃어도 종이가 구겨진 것처럼 펴지지 않는 이상한 웃음이 된다. 건방지거나 자기도취에 빠지면 웃음이 나오지 않는다. 남을 위한 선한 마음이 있어야 웃음이 나온다. 웃음은 근심을 버리는 해우소다.

사람이 좀 헐렁해야 웃음이 나온다. '힐링'에서 글자마다 점 하나씩을 찍으면 '헐렁'이 된다. 헐렁해지려면 어깨에 힘을 빼야 한다. 어깨에 힘이 들어가면 뻣뻣해지고 어색한 웃음이 된다.

달력의 나이가 많다고 점잖은 체하면 웃음이 나오지 않는다. 어린애처럼 웃으려면 어린애 나이가 되어야 한다. 아이의 웃는 얼굴이 웃음의 멘토다. 달력 나이에서 앞자리를 빼버린다. 그러면 한 살에서 아홉 살까지가 된다. 웃음 강연을 할 때면, 어린아이의 목소리로 "당신 몇 살이에요?"하고 묻는다. 그리고 어린애 목소리로 대답하게 한다.

웃음은 소리를 내는 것에서부터 시작한다. 온몸으로 동작이 나와야 한다. 웃음 강연을 할 때, 소리를 내며 손뼉을 치게 유도한다.

– 박수 유도

　강의 시작 전 박수를 치는 것은 강의에 집중하게 하는 효과가 있다. 청중을 집중하게 한 후 강의하면 강의 효과는 배가 됨은 당연하다.

예> 청중에게

"자 따라 하세요"

박수 한 번 시작 : 짝

두 번 박수 시작 : 짝, 짝

세 번은 자기 이름을 넣어서 박수 시작 : 이(짝) 소(짝) 희(짝).

네 번은 자기 이름과 짝 : 이(짝) 소(짝) 희(짝) 짝

다섯 번은 자기 이름 + 최고 : 이소희 최고 짝

일곱 번은 옆 사람 이름을 부르며 친다 : ○○○ 당신도 짝

무한 박수(행복해질 수 있을 때까지) : 짝짝짝 ~~~

여기까지 박수를 유도하고

　"여러분 눈을 감고 생각해 보십시오, 소원이 있으십니까? 박수를 잘 치면 소원 하나를 들어 드리겠습니다. 제가 행운의 숫자 7초를 헤아리는 동안 박수 몇 개를 칠 수 있는지 해 보겠습니다. 박수

준비. 얏! (박수가 처음에 맞지 않을 때는 '아, 네 연습이었습니다.'라고 멘트하고 다시 박수를 유도한다) 박수를 적어도 33번은 치셔야 그 에너지와 열정이 살아나 소망을 이룰 수 있습니다. (손가락을 한 개씩 꼽으면서 뒤부터 좌, 우 사람에게 시선을 주면서 1초 2초 3초 4초 5초 6초 7초를 큰소리로 외친다. 7초 후엔 손과 팔로 스톱 동작을 한 후 청강생들에게 가서 인터뷰한다) 현재 나이와 박수 친 숫자를 합하면 선생님의 건강 나이가 됩니다. 박수 숫자가 44개이고 현재 나이가 55세라면 합하여 99세가 됩니다. 99세까지 건강하게 사랑을 나누면서 살아갈 에너지를 지닌 것을 의미합니다. 그리고 환한 미소와 긍정적인 리액션으로 호응한다면 숫자와 관계없이, 시도 때도 없이, 지금도, 앞으로도, 계속 웃는 대박 인생을 살게 될 것입니다. 저는 지금 여러분이 99세까지 건강하게 잘 살게 해 달라는 소원을 들어드렸습니다. (라고 멘트 하고) 아~네, 지금까지 과학과 수학과는 아무런 상관없이 저를 환영하는 박수를 쳤습니다."

또한, 박수를 유도하는 후속 멘트는 여러 가지가 있으며, 상황에 맞게 멘트를 준비하여 날린다.

웃음에 대해서

웃음은 사람의 마음과 영혼을 열게 하는 마법의 열쇠다. 건강한 웃음은 성공을 부른다. 웃음은 행복을 부르고 칭찬을 낳는다. 칭찬하는 사람 옆에 천하의 인재가 모이고 칭찬하는 인간관계 속에 신뢰가 쌓인다. 가짜 웃음(헛웃음)도 진짜 웃음 효과를 발휘한다. 뇌는 가짜 웃음과 진짜 웃음을 구분하기 어려워한다는 말이 있다. 그것이 웃음의 신비다. 행복해지기 위해서는 웃음이 필수다. 힘들 때 박장대소를 하면 없던 힘도 생겨난다. 박장대소하면, 650개 근육, 얼굴 근육 80개, 206개의 뼈가 움직인다고 한다. 그러면 산소 공급이 증가하여 신체는 시원해지고 자신감과 활력이 넘쳐난다.

필자가 운영하는 2층 교육원으로 올라오는 계단마다 웃음에 대한 문구가 적혀있다. 웃음으로 입이 열리는 것은 곧 마음의 문이 열리는 효과가 있음을 알기에 한 걸음 한 걸음 올라올 때마다 웃거나 최소한 미소 정도는 짓게 하기 위함이다. 우리는 하루에도 많은 사람을 만난다. 처음 만나는 사람도 있고 매일 만나는 사람도 있다. 만나기 전에 한 번 웃음을 짓고 만난다면 훨씬 좋은 관계가 될 수 있다. 왜냐면 마음의 문을 먼저 열고 만나기 때문이다.

1. 건강을 주는 다섯 가지 웃음

크게 웃자. 길게 웃자. 배와 온몸을 흔들면서 웃자. 항문을 조이면서 웃자. 단전으로 웃자.

☞한국 웃음 치료연구소 자료 일부 인용

2. 웃음의 효과

웃음의 효과는 여러 가지이다. 웃음의 크기가 곧 감사의 크기가 되며, 자존감의 크기이다. 웃음으로 용서하는 마음이 생기며 마음이 평화로워진다. 특히 웃음은 긍정적인 해석을 하게 한다. 해석의 명수가 웃음의 명수다. 즉, 좋게 보는 능력이 최고의 능력이라 할 수 있다. 긍정적인 사고방식을 표현하는 가장 좋은 방법이 웃는 것이다. 세상은 내가 원하든 원치 않든 좋은 일과 나쁜 일이 반복된다. 하지만 좋은 것, 나쁜 것은 전적으로 나의 선택의 문제다. 주어진 상황을 어떻게 보느냐에 따라 안 좋은 것도 좋게 변할 수 있다. 웃음은 감정에 영향을 미치며 건강에도 영향을 미친다. 좋은 하루를 채우려면 눈을 뜰 때 웃어야 한다. 하루를 웃음으로 시작해야 좋은 일이 일어난다.

3. 웃음 라인을 만들어라.

살다 보면 힘들 때가 있다. 그때도 웃으면 힘듦의 정도가 희석된다. 웃는 것에도 연습이 필요하다. 예전 나는 힘들면 산이나 강이나 바다로 가서 소리를 지르며 웃었다. 그러면 속이 후련해졌다. 그런데 힘들 때마다 삶의 현장을 떠나 자연으로 갈 수 없었다. 그래서 상징적인 선을 하나 만들었다. 그것이 '웃음 라인'이다.

집안이든 사무실 안이든 라인을 하나 그어두고 그것을 '웃음-라인'이라 명명했다. 그리고 웃음 라인을 지나는 행동을 자연으로 순간 이동한다고 상상했다. 라인을 뛰어넘으면 그곳에 웃음 동네와 웃음을 생산하는 숲이 있다고 생각했다. 힘든 일이 있을 때마다 '웃음 라인'을 건너며 소리 내어 웃었다. 그러면 힘들고 우울한 일이 많이 해소되었다.

그리고 사물의 이름을 부르며 말끝에 '하'를 붙였다. "책상 하, 의자 하하, 컴퓨터 하하하, 거울 하하하하, 창문 하하하하하"이런 식으로 계속 '하'를 붙여 나가면 힘든 일은 어느새 잊히고 "하하하" 소리 내어 웃고 있는 나를 발견하게 된다.

또 다른 방법은 힘든 일이 있을 때 밖으로 나와 간판의 상호를 읽으며 상호 뒤에 '하'를 붙여 읽었다. "AAA-하", "BBB-하하" "CCC-하하하" 이런 식이다. 전봇대를 보고 '하'를 붙이고 차를 보고 '하'를 붙이면 나중에는 "하하하하~"웃게 된다.

산에 갈 때 산길 옆에 보이는 소나무 한 그루마다'하'를 붙이면 어느새 힘듦은 사라지고 입에서는 "하하하하하~"하는 웃음소리만 남는다. 그런 웃음이 뇌에 전달되어 현재 자신은 즐거운 상태에 있다고 알려준다. 여기서 주의할 점은 최소한 15초 이상 연속적으로 웃어야 한다는 것이다. 과학적인 이론에 근거한 것이 아니라 순전히 나의 경험이다. 사람마다 차이는 있겠지만, 이렇게라도 웃으면 기분이 달라진다.

4. 웃는 삶이 이익이다.

웃는 것은 돈이 들지 않는다. 오히려 삶에 이익을 가져온다.

웃는 사람은 웃는 인생을 살며, 인상 쓰면서 사는 인생은 꼬인 인생이 된다.

웃음은 만국 공통어다. 웃으면 인상이 좋아 보인다. 웃으면 소통과 화합이 잘 된다.

웃는 사람은 건강하며 장수한다.

웃음은 스트레스를 녹이고 소화기를 자극하고 체내에서 순환기를 청소하여 혈압을 내리고 근육의 긴장을 완화하며, 엔도르핀의 분비를 늘려 근심을 해소한다. 웃음은 가장 강력한 무기이며 대체 의학이다.

5. 웃음 훈련

10초간 노래하면서 춤을 춘다.

웃음은 국력 하면서 팔굽혀 펴기를 한다.

유머를 세 가지 이상 준비하여 만나는 사람을 웃게 만든다.

다른 사람의 썰렁한 유머라도 크게 웃어준다.

내가 우스꽝스럽게 여겨지는 걸 개의치 않는다.

나의 실수를 웃음으로 넘긴다.

남의 실수도 웃어넘긴다.

다른 사람과 있는 걸 즐긴다.

나 때문에 남이 즐거워하는 것을 즐긴다.

기회가 있을 때마다 소리를 내 즐겨 웃는다.

웃음은 좋은 관계를 만든다는 걸 믿는다.

안 좋은 분위기를 바꾸기 위해 유머를 이용한다.

거울을 보며 웃는 연습을 한다.

꿈에서도 웃는다고 생각한다.

같은 말도 재미있게 하려 노력한다.

기분 상하게 하는 유머는 하지 않는다.

최근의 유머 경향을 알려고 노력한다.

나는 웃는 얼굴이 잘 어울린다고 생각한다.

일하면서 웃는 것은 자연스러운 일이라 믿는다.

최악의 상황에서도 희망은 있다고 믿는다.

웃음으로 누군가의 기분을 바꾸어주려고 노력한다.

6. 나의 스마일 파워 측정

자신의 미소 짓는 얼굴이 마음에 든다.

웃는 얼굴이 매력적이라 칭찬받은 때가 있다.

미소 지을 때 입술을 최대한 벌린다.

미소 지을 때 이가 되도록 많이 보이게 웃는다.

미소 지을 때 입술 끝이 위로 향하도록 노력한다.

항상 미소 짓고 있으려 노력한다.

사진을 찍을 때 자연스럽게 웃을 수 있다.

미소 지을 때 손으로 입을 가리지 않는다.

환하게 미소 짓는 얼굴이 건강에 좋다고 생각한다.

웃는 얼굴을 바꾸고 싶다고 생각해 본 적이 없다.

10개 중에서 6개 이상이면, 좋음이며, 4~5개이면 웃음 연습이 조금 필요하며, 3개 이하면 문제가 있다.

인생에서 웃음은 무엇보다 중요하다. 웃으며 살면 웃는 삶을 살게 되고 인상을 쓰면 화난 인생을 살게 된다. 웃어도 웃고 울어도 웃자. 웃는 일이 없으면 웃는 연습이라도 하자. 그래야 웃는 인생을 살 수 있다.

웃음의 근원은 1. 긍정 2. 초긍정. 3. 절대긍정. 4. 완전긍정. 5. 무한긍정, 긍정이 5번이면 만사형통 기적이 일어나듯 웃게 된다.

음악 스피치

음악이 사회에 끼치는 영향

음악은 인간이 살아가는데, 필수 불가결한 문화 환경의 일부다. 한 개인을 사회 구성원으로서 수용하게 하고 구성원 간의 관계 형성을 원활하게 한다. 또한 음악 그 자체가 강력한 상호 결집력을 가지고 있다. 사회 구성원의 관심이나 흥미를 나누는 사회적 기능으로써 집단의 감정을 표현해서 집단 통제 속에서 개인의 자유로운 표현을 하게 만든다.

음악이 개인에게 끼치는 영향

음악은 호흡에 긍정적인 영향을 주어 원활한 심장박동과 혈압에 도움을 준다. 음악은 뇌파를 안정시키고 천천히 흐르도록 한다. 음악은 체온의 변화에 영향을 준다. 음악은 신체의 엔도르핀 분비를 높이며, 면역기능을 강하게 한다. 또한, 우리의 공간인식 및 지각 능력을 변화 발달시킨다. 음악은 시간에 대한 인지능력을 발달시키며, 개인의 잠재능력을 성장 발전시킨다. 음악은 스트레스를 해소해 주며, 감성을 자극하며 정신적 안정을 준다.

음악 스피치 세계

음악 스피치는 모든 스피치 과정에 들어있다. 다른 말로 하면 음악을 통한 스피치 교육은 효과가 아주 큰 것을 의미한다. 스피치 교육은 말만 잘하게 하는 것이 아니다. 분명한 발음을 하게 하여 의사를 명확하게 전달하고 표정과 동작을 더하여 완성도를 높인다. 그런데 음악 스피치는 멜로디와 가사가 있어 듣는 이에게 감동을 주는 효과도 있다. 그런 연유로 음악 스피치는 의사 전달 스피치와 감성 스피치의 효과를 모두 가지는 복합 스피치라 할 수 있다.

음악 스피치를 배우는 수강생은 스피치뿐만 아니라 노래도 배우게 된다. 몇 개를 배우다 보면 자신의 애창곡이 탄생하기도 한다. 평소 말과 노래를 못하는 사람, 무대 공포증이 있는 사람에게 음악 스피치 교육을 하게 되면 무대 공포증이 사라지고 노래도 잘하게 된다. 그리고 사람 앞에서 노래하는 것을 반복하면 자신감도 생기게 된다.

음악 스피치 교육은 먼저, 선정된 노래에 대해 작곡가와 작사가, 노래를 만든 배경 등을 설명하며 악보에 있는 가사를 한 글자씩 적게 한다. 6번 이상 적은 후, 6번 이상 읽게 만든다. 노래를 이해하고 가사를 정확하게 발음하여 자기 것으로 만들기 위해서다. 그런 후 반주에 맞춰 몸을 흔들면서 한 소절씩 따라 하게 한다. 음악과 스피치를 연결하는 과정이다. 일반 스피치와는 다르게 반주가 나오니 기분 상승효과가 있다. 음악의 소리는 뇌를 자극하고 가사는 감성을 자극한다. 좋은 기분이 들게 하기에 감정 치유 효과도 있다.

음악 스피치의 효과

음악 스피치는 노래를 자신의 몸과 마음에 맞게 만들어 준다.

그러면 감정이 순화되고 표정도 밝아진다. 음악 스피치 교육을 받은 후 자신의 숨겨진 재능을 발견하여 가수가 되기도 하고, 노래를 통해 우울증을 극복한 사례도 있다.

음악을 모르면 인생의 3분의 1을 경험하지 못한다는 말이 있다. 음악은 사람을 신나게 만든다. 음악이 주는 신남을 모르면 사람이 누릴 수 있는 많은 즐거움을 놓치게 되어 3분의 1을 경험하지 못한다는 말이 생긴 것 같다.

음악 스피치는 정신과 육체의 기능을 향상시킨다. 음악은 감정 표현을 잘하게 만들며, 유연성을 갖게 한다. 음악 스피치는 몸과 마음이 건강하지 못한 사람을 치유하며 행복한 삶을 살아가도록 돕는데 그 목적을 두고 있다. 우리 사회의 복지적인 측면에서 매우 다양하게 활용할 수 있다. 새로운 노래 한 곡을 배우면 최신 유행하는 옷을 한 벌 새로 사 입는 것과 같다는 기분이 들게 한다는 말이 있다.

스피치의 완성도인 표정까지도 올려주고 만들어 주는 것이 음악 스피치의 효과다.

무대 스피치

1. 나비처럼 나간다.

무대에 올라서기 위해 의자에 앉아 대기할 때부터가 스피치가 시작된다. 앉아 있을 때도 TV 3사에 출연한다는 생각으로 앉음새를 단정하게 한다. 구름 한 점이 떠 있는 것처럼 대기석에 앉아 있어야 한다. 그리고 무대에 설 자리인 파워포지션(공간 언어)을 정해두어야 한다. 호명되었을 때, 금방 일어나는 것이 아니고 단전에 힘을 주고 2초를 사용하며 일어선다. 일어서서 관중석을 향해서 아이컨텍으로 전체의 시선을 끌어들여 꽉 잡고 나비처럼 걸어 나가서 사전에 정한 무대 파워포지션(공간 언어)에 선다.

초두 호감 스피치 7초

파워포지션에 자연스럽게 선 후 제일 뒷부분부터 시선을 찍는다. 그다음에는 고개를 돌리지 않은 채 좌에서 우로 시선을 끌어당긴다. 끌어당길 때 '내 매력에 빠져 보십시오.'라는 생각을 한다. 공수 자세(왼손 오른손 겹친 상태로 손과 손을 마주 잡고 엄지손가락을 배꼽 위치에 둔다)를 취하고 단전에 힘을 주고 인사한다.

30도 각도로 숙일 때 고개만 숙이는 것이 아니라 허리와 엉덩이를 사용해야 한다. 자연스럽게 숙이고 1초를 머물다가 자연스럽게 '음 미소'를 띠고 고개를 든다.

초두 멘트(주의 끌기) 스피치 20초

주제와 상황과 장소에 맞는 멘트 준비를 사전에 해두어야 한다. 질문을 한다든지, 퀴즈를 낸다든지, 지정석에 앉은 사람 이름을 부른다든지, 그 외 모두가 공감되는 예스가 나올 수 있는 멘트를 던진다.

마음 열기 2분 스피치

청중과 함께 하는 마음 열기를 한다. 청중끼리, 짝지를 정하고 인사를 시키거나 칭찬을 하게 한다.

"짝지 이름을 불러주세요. 자세히 보시고 칭찬해 주세요."
그런 후 상황에 맞는 멘트를 한다. 칭찬에도 등급이 있다. 마이크를 갖다 대면서
"어떤 칭찬을 들으셨습니까?"

칭찬 내용에 대해 2, 3명에게 질문한다. 인터뷰하고 난 뒤에는 집중이 되고 마음이 열린다. 칭찬에도 등급이 있다. 외모(헤어, 스카

프, 패션, 액세서리 등)를 칭찬하는 것은 3등급이다. 2등급은 내면을 칭찬한다. "어질게 보입니다. 믿음직스럽습니다." 등. 1등급은 미래를 칭찬하는 것이다. "앞으로 점점 더 성장해서 인생 대박 나겠습니다."와 같은 말이다. 특급은 외모와 내면과 미래에 대한 칭찬을 동시다발적으로 하는 것이다.

2. 벌처럼 쏜다.

14분마다 심리 역전 스피치

아무리 명강의를 해도 청중의 집중 시간은 7분에서 14분이다. 시의 한 연이나, 산문의 한 단락이 끝나듯이 환기를 해야 한다. 웃고 간다든지, 질문을 한다든지, 퀴즈를 낸다든지, 선물을 준다든지 예스와 공감을 끌어내며, 새롭게 시작한다는 의미 부여를 하여 심리를 다잡아주어야 한다. 이때 연설 내용의 핵심을 벌처럼 쏘아야 한다. 주의 끌기를 하고 전달하고자 하는 주요 요점을 벌처럼 핵심을 쏘아야 한다. 준비해 간 내용의 핵심을 군중의 마음에 꽂아야 한다.

마무리

마무리는 격언이나 속담이나 명언으로 감동을 남기면서 인사 멘트를 하는 것이 좋다. 그 자리에 초대해 주신 분을 언급하고 감사를 전한다. 그리고 대표를 언급하며 함께 해서 내가 행복했다는 멘트를 남기고 마무리한다. 그러면서 좋은 강의였고, 다시 만나고 싶다면 박수를 쳐달라고 한다. 꽃처럼 나오거나 깔끔하게 나온다. 상황에 따라 참석자에게 단체 사진의 모델이 되어달라고 부탁하고 사진을 찍는다. 사진을 찍을 때도 한두 가지 구호에 맞춰서 사진이 살아있는 생동감을 주는 제스처를 제시해서 공감을 끌어내고 청중을 향해 사랑 마크를 남기면 더할 수 없이 좋은 마무리가 된다.

주의할 점

주어진 시간을 지키며 스피치 하는 것이 진정한 스피치 무대 매너다. 행사나 방송에는 정해진 시간이 있는데 너무 간단하게 끝내면 주최 측에서 시간을 메꾸어야 하는 어려움이 발생한다. 또한 사설이 길면 남의 시간을 뺏는 결과로 이어진다.

자세니 이미시 비수얼에도 각별하게 신경을 써야 한다. 외국에서 밀입국한 난민처럼 격식을 갖추지 않으면 아무리 좋은 내용이라도 연설 효과를 기대하기 어렵다.

주제에 집중해야 한다. 자신의 과거 프로필, 왕년의 이야기, 주제와 거리가 먼 이야기, 시작이 뭔지 끝이 뭔지 모르는 사설은 피해야 한다. 명강사는 시간을 어기지 않으며 시간을 사기 치지 않는다.

카메라 앞에서의 스피치

요즈음은 과거 어느 때보다 카메라 앞에 서는 경우가 많아졌다. 우리나라에는 텔레비전, 라디오 등 많은 방송사가 있다. 계획된 촬영도 있지만, 현장에서 즉석 인터뷰가 진행되기도 한다. 특히, SNS 발달로 유튜버 등의 카메라 촬영은 일상이 되었다. 일반적인 말은 하는 즉시 휘발되어 사라지지만, 촬영은 기록되어 남는다. 그렇기에 촬영할 때는 준비에 철저해야 한다.

◎ 카메라 앞에 서기 전 준비

사전 원고를 작성하여 충분히 연습하며 준비한다.
직업, 상황 등을 고려하여 의상을 갖춘다.
특히 가방과 필기구는 가능한 최적의 상태로 준비한다.

◎ 카메라 앞에서 스피치를 할 경우의 주의 사항

카메라 앞에 서기 전에 반드시 옷매무새와 용모를 가다듬는다.
목소리를 가다듬는다. 말을 할 때는 차분하게 해야 한다.
자신감을 갖고 마음의 준비가 되었을 때 시작한다.
카메라 렌즈의 시선을 피하지 않는다.

감성스피치는 인생을 바꾼다

청중의 반응을 확인할 수 없으므로 청중이 어떠한 반응을 보일지 상상한다.

시간이 지나도 기록이 남기 때문에 확실한 것만을 말한다.

말이 막히거나 자신이 없는 경우에도 불필요한 동작을 하지 않는다.

◐ 여성을 위한 스타일

세련되고 센스 있으며, 정돈된 차분한 인상을 주어야 한다.

옷차림

회색 계열의 재킷이 있는 정장(스커트나 팬츠 정장)은 세련되고 차분해 보인다.

흰색이나 짙은 색 셔츠는 깔끔한 이미지를 준다.

서류 가방 크기의 검은색 숄드백이나 정장용 핸드백을 상황에 따라 착용한다.

액세서리는 복잡하지 않은 것으로 한다.

머리 모양

요란한 염색은 삼가야 한다. 이마나 눈을 가리거나 어깨 밑으로 흘러내리는 머리 모양은 금물이다. 컷이나 단발형의 단정한 스타일이나 생머리일 경우 깔끔하게 빗어 묶는다.

표정

부드럽지만 당당한 표정, 긴장하거나 경직되지 않는 표정과 약간의 미소를 머금으면 좋다.

메이크업

전체적으로 짙지 않은 화장을 하는 것이 좋으며 눈 화장에는 신경을 써야 한다. (시선으로 상대를 압도하는 것이 필요) 눈동자가 선명히 보이도록 아이라인 중심으로 깨끗하게 화장한다.

태도

긴장감을 굳이 감출 필요는 없다. 턱은 약간 내리고 시선은 45도 각도를 유지하면서 카메라와 시선을 마주한다. 앉을 때 가방은 등받이가 있는 의자의 뒤쪽이나 오른쪽 의자 다리 밑에 놓는다.

목소리

상대방에게 자신의 메시지를 정확히 전달할 수 있도록 분명하게 발음한다. 목소리는 평소보다 약간 저음으로 소리를 낸다. (집중효과) 큰 웃음소리는 가능하면 자제한다. 목소리를 사용하는 강사는 따뜻한 물 보온병을 반드시 갖고 다닌다. 곁들여서 목이 잠기거나 침샘이 마르는 시니어 강사들은 오렌지 알사탕을 준비하는 것도 좋은 방법이다.

● 남성을 위한 스타일

긴장 속에서 신선함과 투지 넘치는 분명한 인상을 심어주어야 한다.

옷차림

검은색 또는 짙은 색의 정장은 냉철하거나 분명한 인상을 준다.

자신에게 신뢰감과 멋스러움이 나오는 컬러퍼스널로 자신에게 맞는 색상이나, 흰색 또는 연한 하늘색 버튼 다운 셔츠는 신선함을 준다.

와인 계열의 줄무늬나 점무늬 넥타이는 적극적인 마인드를 보여준다.

서류 가방은 적낭한 크기, 색상은 검정 또는 밤색이 적당하다.

끈이 있는 검은색 정장 구두, 감색 또는 검은색 양말을 착용한다. 서 있을 경우 반드시 윗옷의 단추를 채워야 한다.

머리 모양

요란하게 염색하지 않은 단정한 헤어스타일

가능하면 헤어크림을 발라 단정하게 빗어야 함.

표정

약간의 긴장감이 느껴지는 담담한 표정

가볍게 다문 입은 의지력을 느끼게 한다.

태도

투박하지 않고 절도 있는 자세, 턱을 반듯하게 직각으로 들고 직시한다.

앉을 때 가방은 의자 뒤쪽이나 오른쪽 의자 다리 밑에 놓는다.

목소리

메시지를 정확히 전달할 수 있도록 분명하게 발음한다.

목소리는 평소보다 약간 깨끗하고 굵은 저음으로 하면 집중하는 효과가 있다.

감성스피치는 인생을 바꾼다

회장 출마 스피치

기본적인 것은 무대 스피치와 비슷하다. 차이점이 있다면 무대 스피치는 청중이 불특정 다수인 경우가 많고 회장 스피치는 관계인인 경우가 많다.

회장 출마 스피치에서 사전에 준비해야 하는 것은 자신이 출마하는 배경과 상황, 장소, 인원, 남녀 성별, 자기가 추구하고자 하는 목표 등이다. 보통 회장 출마를 하게 되면 선거를 할 경우가 많다. 단상에서 자기 강연도 하지만, 단상에 올라가기 전 사람을 만날 때 악수 하는 방법부터 달라야 한다. 일반적인 악수는 심리적 안전 거리인 60cm 거리를 두고 30cm씩 손을 내밀어 두 사람이 엄지 손가락을 깊숙하게 넣고 두 번 흔드는 것이다. 선거 스피치는 악수한 후 다른 손으로 맞잡은 상대의 손을 두 번 톡톡 부드럽게 터치하듯 두드린다. 시선은 눈 밑 와잠을 쳐다보면서 "잘 부탁드립니다. 고맙습니다. 응원 부탁드립니다. 도와주십시오. 믿고 있습니다." 등의 멘트를 한다.

사전에 원고를 준비해서 유세장 상황을 상상하면서 내가 반드시 회장에 당선하겠다는 것이 아니고 당선되었다는 마음가짐을 하고 말해야 말에 에너지가 실린다. 단상에 섰을 때 회원들을 바라보는 시선은 따뜻해야 한다. 겸손한 마음으로 헌신하며 도움을 준다는 자세로 임해야 하며, 절대 권위적인 모습이면 안 된다.

말을 할 때도 더듬거린다든가 말이 새면 안 된다. 특히 경상도 사람은 'ㅂ, ㅁ, ㅆ, ㅎ' 등의 발음이 잘되지 않는다. 연습이 필요한 이유다. 스피치에는 구어 스피치와 문장 스피치가 있다. 연설하기 전 구어 스피치를 반드시 익혀야 한다.

제스처가 스피치에서 55%를 차지할 만큼 중요하다. 신뢰와 책임감이 있음을 보여줄 수 있는 제스처와 목소리 톤이 중요하다. 제스처 손 언어는 벨트라인 아래에서 머리 위까지 일 단계에서부터 10단계까지가 있다. 10단계까지 워밍업 하며 다 익혀야 효과적인 연설이 된다. 강연 내용에 따라 적절하게 제스처를 활용해야 강력하고 확실한 의사 전달이 되고 믿음도 줄 수 있다.

회장 출마 스피치에서 출마 목적을 분명하고 구체적으로 제시하여야 한다. 어떤 회장이 될 것인지, 따뜻하고 소통하는 회장이 될 것인지, 살림을 알차게 꾸리는 회장이 될 것인지 회를 어떻게 발전시킬 것인지 하는 콘텐츠가 있어야 한다. 말만 잘하는 회장이라는 인상을 주면 안 되며, 리더의 자격을 갖춘, 회원에게 마음이 열려있는 후보라는 인상을 심어주어야 한다.

연설과 투표가 끝나고 회장에 당선되었다면, 감사 소감 발표를 해야 한다. 그때도 잘난 척을 하면 안 되고 회원 복지와 회의 발전을 생각하며 리더로서 인사하고 겸손해야 한다. 떨어진 사람에 대해 구체적으로 좋은 부분을 언급하고 함께 뛰어서 영광이었다고 말하면 좋다. 또한 상대의 비전 제시에 많이 배웠고 좋은 것은 반영할 것이며, 앞으로 많은 협조를 바란다는 당부도 하는 것이 좋다.

인터뷰 스피치

인터뷰는 기자들이 기사를 쓰기 위해 하거나, 방송 리포터의 인터뷰 등 다양하다. 인터뷰를 하기 전에 인터뷰 시트지(질문지)를 준비한다. 인터뷰 시트지는 만나는 대상에 따라 목적에 맞게 사전에 준비해야 한다. 간단한 하나의 예를 들면 다음과 같다.

1. 성명, 별명, 생년 월일, 사는 곳, 취미

2. 장점, 단점, 지금 가장 배우고 싶은 것은? 애창곡 등

3. 잘 먹는 것, 이상형, 존경하는 분, 잘하는 운동, 좋아하는 책 등

4. 여행 가고 싶은 나라, 어떨 때 살아있는 걸 기뻐하는가? 생에 가장 기쁘고 행복한 날은? 사랑하는 사람에게 다른 사람이 생긴다면, 좋은 친구 등

5. 인터뷰 내용은 인터뷰 대상에 따라 구체적인 질문을 준비한다.

먼저, 시간과 장소를 잡고 만났을 때 명함과 간단한 선물을 주

고 동행자가 있으면 소개한다. 인터뷰 대상자를 추천받았으면, 인터뷰를 하기 전에 말씀을 많이 들었다는 멘트를 한다.

자기의 소속을 이야기하며, 인터뷰에 응해주셔서 감사하다고 말한다. 미리 준비해 간 시트지에 따라서 인터뷰한다. 가능하면, 노트북을 휴대하여 한 사람은 질문하고 한 사람은 기록하는 것이 좋다. 혼자 인터뷰할 때 녹음하거나 노트북에 직접 기록하거나 수첩에 메모한다. 인터뷰할 때 이해하지 못한 사항이 있을 때는 추가적인 질문을 해야 하며, 시트지 이외에 즉석에서 의문 나는 사항이 있으면 질문한다. 인터뷰 과정이나 마친 후 사진을 찍는다.

헤어질 때는 인터뷰의 내용에 오류가 없는지 확인하고 인터뷰에 응해주셔서 감사하다고 말한다. 그리고 향후 인터뷰 내용이 어떻게 활용될 것인지를 말한다.

인터뷰 요령

인터뷰할 때는 상대를 존중하는 마음에서 시작해야 한다. 상대방에 대한 정보를 미리 파악한다면 상대방이 난처해하거나 피하고 싶은 사항을 알면 인터뷰에 실패하지 않는다.

상대방의 말을 자르지 않는다. 인터뷰는 경청하기 위해서 하는 것이다. 잘 들어주고 적절하게 응대하면 재미있는 인터뷰가 된다. 반면에 중간에 말을 자르면 말의 흐름이 깨어진다.

감성스피치는 인생을 바꾼다

사전에 인터뷰 목적을 분명하게 해야 한다. 목적이 분명하지 않으면 원하는 정보를 얻을 수 없다.

인터뷰하는 사람의 말을 충분히 이해하여야 한다. 모를 때는 질문해야 한다. 그렇지 않으면 엉뚱한 내용이 될 수 있다.

필요하다면 인터뷰하는 사람에게 먼저 질문해 줄 내용을 받는 것도 도움이 된다. 인터뷰하는 대상(갑)은 인터뷰하는 사람(을)보다 전문가일 경우가 많다. 그 말은 인터뷰 내용의 핵심이 무엇인지 갑보다 잘 모를 수 있다는 의미다. 방송의 경우 갑에게 미리 어떤 질문을 해주기를 원하는지 질문지를 받고 인터뷰에 응하면 갑은 핵심과 요점을 사전에 정리하여 당황하지 않고 인터뷰에 응할 수 있다.

인터뷰 초보자라면 사전에 인터뷰 연습을 해 보는 것도 실전에 도움이 된다. 질문지를 만들어 거울 앞에서 소리 내어 물어보고 스스로 답변해 보는 것도 한 방법이다.

서면 인터뷰 시에는 맞춤법 등에 유의하자. 오타나 틀린 맞춤법은 신뢰도를 떨어뜨린다.

전화 인터뷰 시에는 말을 부드럽게 하며 예의에 어긋나지 않게 한다. 녹음할 때는 양해를 구해야 하며, 그렇지 않을 시 메모를 해야 한다.

자기소개서와 면접 스피치

자기소개서 작성법

자기소개서의 중요성은 언급할 필요가 없을 정도로 중요하다. 또한, 면접할 때 시험관은 자기소개서를 보면서 면접에 임한다. 자기소개서가 취업이나 입시의 당락을 좌우하기도 한다. 그런데 글쓰기가 되지 않은 수험생이 짧은 시간에 자신을 효과적으로 어필하기란 쉽지 않다. 그렇기에 많은 취준생이나 수험생이 자기소개서 작성을 어려워한다. 하지만 몇 가지만을 알면 자기소개서 작성하는 것이 어렵지 않다.

대학교 입시에서 2024년부터 자기소개서를 폐지하기에 여기서는 취업 자기소개서 쓰는 법을 다루기로 한다. 취업 자기소개서는 크게 두 종류로 나눈다. 하나는 문항이 없는 자유롭게 쓰는 것이며, 다른 하나는 회사별로 문항이 있는 경우이다. 문항이 없는 경우에는 크게 4가지를 쓰면 된다. 지원동기, 성장 과정, 장단점, 입사 후 포부 등이다. 문항이 있는 경우에는 그 문항에 맞게 써나가면 된다.

자기소개서를 쓰기 전에 회사의 인재상을 살펴야 한다. 회사 홈페이지에 들어가면 보통 인재상이 올라와 있다. 예를 들면, 책임감, 글로벌 마인드, 적극성, 창의력이 있는 인재 등이다.

또한 중요한 것은 직무역량이다. 생산직에는 그에 맞는 역량이 필요하고, 연구직에는 연구직에 맞는 역량이 필요하다. 직무역량은 꼼꼼함, 책임감, 창의성, 소통 능력, 성실함 등이다. 직무역량과 인재상을 참고하여 자신의 경험을 스토리화하여 써야 한다. 경험을 쓰는 방법은 STAR-F 서술법을 따른다.

STAR-F 서술법

S(SITUATION, 상황),

T(TASK, 문제가 된 것),

A(ACTION, 문제를 풀기 위한 행동),

R(RESULT, 결과),

F(FEEL, 그런 경험으로 인해 느낀 점, 알게 된 점, 입사 시 어떻게 활용할 것인 가 등)

자기소개서는 회사의 인재상과 직무역량과 자신의 경험이 삼위일체가 되도록 쓰는 것이 중요하다.

면접을 볼 때

면접을 보기 전에는 미리 작성한 자기소개서를 충분히 숙지한다. 수험생이라면 지원 학교에 대한 애정과 역사, 학교와 학과를 선택한 이유를 분명히 말을 할 수 있어야 한다. 미리 학교 홈페이지에 들어가 지원하는 학과의 커리큘럼이나 졸업 후 진로 상황 그리고 그 학과의 교육목적을 조사해서 숙지하도록 한다.

취업 면접을 볼 때는 지원하는 기업에 대한 역사와 포인트, 장점, 선택한 이유를 분명히 숙지하고 임해야 한다. 어떤 질문이 나와도 긍정적으로 대답을 해야 한다. 상쾌하게 이야기를 받아주고 소통할 수 있는 능력을 갖추어야 한다. 무엇보다 자신감 있는 태도가 중요하다. 그러기 위해서는 발성과 표정, 어떠한 질문이 나와도 당황하지 않고 대답할 수 있는 연습이 필요하다.

사례

공무원 시험에서 이론 시험은 합격했는데 몇 번이나 면접에서 떨어진 아들이 있었다. 본 교육원에서 스피치를 수강하여 취업에 성공했다는 지인의 말을 그 어머니가 듣고 아들을 데려왔다. 아들도 좋은 학교를 우수한 성적으로 졸업했으며 똑똑했지만, 스피치에 자신 없어 했다. 말을 더듬고 매끄럽지 못하고 시선 포인트를 못 잡고 표정도 엉거주춤했다. 교육원 책상 의자 구도를 면접 구도로 무대 설치를 해서 10강 정도 스피치 교육을 받은 후 합격했다.

1년 후에는 형이 당당히 합격한 것을 보고 동생이 왔다. 그도

필기는 되는데 면접에 자신 없어 했다. 자기소개 글은 좋은데 말하는 것에서 자신감이 없었고 말하는 자세, 속도와 띄어서 말하기 등이 잘되지 않았다. 필자는 원고의 내용 하나하나에 콩나물 음표처럼 표시했다. 말의 높낮이와 길이뿐만 아니라 손동작하는 표시까지 넣었다. 그리고 글자 하나하나 한 줄 한 줄 코치했다. 교육을 받은 후 동생도 합격했다. 형제들이 모두 합격한 후에 어머님 아버님께서 귀한 경옥고 보약을 선물로 가져와서는 감사하다고 말해 보람과 감동의 행복을 느꼈다.

면접의 종류

1. 단독면접 : 1대 1 마주 형식

2. 집단면접 : 면접관 여러 명이 여러 명을 한꺼번에 평가하는 면접방식

3. 프레젠테이션 면접 직군과 관계없이 전문성 있는 주제에 자신의 의견을 프레젠테이션을 활용하여 설명하는 면접

4. 기업별 면접

　　1) 무자료 면접(현대 그룹)

　　2) 다차원 면접(대성 그룹)

　　3) 술자리 면접(우방 그룹)

　　4) 합숙 면접(MBC)

　　5) 프레젠테이션 면접(삼성 그룹)

면접에서 가장 중요한 것은 면접관 앞에서 주눅 들지 않는 것이다. 그러려면 자신을 믿어야 한다. 기본적인 예의에 어긋나지 않도록 행동해야 하며, 자신보다 다른 사람이 더 나아 보인다는 생각이 들더라도 위축될 필요가 없다. 사소한 것일지라도 면접 날에는 마인드 컨트롤이 중요하며, 적절한 긴장감을 가지는 것이 좋다.

면접 전날 충분한 잠을 자고 약속 시간보다 일찍 도착하기 위해 여유 있게 출발해야 한다. 당당한 모습을 보이되 지나치면 오히려 해가 될 수 있다. 실수했을 시 빨리 잊고, 다음 단계로 나아가야 한다. 면접관의 나이는 보통 아버지뻘이다. 아버지에게 말하듯이 하는 것이 좋다. 말할 때는 요점만 간단히 하고 길게 말할 필요가 없다. 처음부터 끝까지 중요한 과정이다. 면접은 자신을 보여주는 자리다. 인사를 깍듯하게 하고 부드러운 표정을 지으며 호감 있게 보여야 한다.

청중 앞에서 글을 읽을 때의 스피치 기법

한글은 세계에서 가장 과학적인 문자이다. 그런 의미에서 한글을 고유문자로 사용하는 우리 민족은 축복받은 민족이다. 한글은 익히기 쉬워 누구도 조금만 노력하면 배워 사용할 수 있다. 하지만

감성스피치는 인생을 바꾼다

쉬운 만큼 읽는 사람에 따라서 듣기 좋기도 하고, 그렇지 않기도 한다. 살다 보면 청중 앞에서 글을 읽을 때가 생긴다. 소리 내어 청중 앞에서 읽는 것도 스피치의 한 부분이다. 연습이 되지 않는다면 떠듬거리다 망신을 당할 수도 있다. 아니면 그 망신을 당할까 두려워 가슴이 두근거리기도 한다. 만약 읽기에 자신이 없다면 다음과 같이 연습하면 된다. 어떻게 읽는 것이 좋은 읽기 방법일까?

- 내 말의 속도는 적당한가? 1분 읽기

외국인이 한글에 대해 한두 시간 정도 설명을 듣고 난 뒤 시내의 한글 간판을 웬만큼 읽는 사례가 많은데요. 이처럼 한글을 쉽게 깨치는 사례는 많이 보고되어 있습니다. 그중의 한 가지 사례를 들어보면 독일 함부르크 대학에서 한국학을 강의하는 W. Sasse 교수는 다음과 같은 이야기를 들려줍니다.

맨 처음 보기에는 한글이 어렵다고 느꼈지만 실제로 배워보니 하루 만에 배울 수가 있었습니다. 특히 한글 글자 모양이 입 모양이나 발음 모양을 본떠서 만들었다는 사실을 알게 되니 아주 인상적이고 쉽게 배울 수 있었습니다. 우리 집의 열 살도 안 된 애들도 취미로 한글을 깨치고 나서는 자기들끼리 비밀 편지를 쓸 때 한글을 씁니다. 독일 말을 한글로 쓰는 것이지요. 그만큼 한글은 쉽게 익혀져서 쓸 수 있는 글자입니다.

이러한 한글의 특성은 드디어 국제기구에서 공인을 받기에 이르렀는데요. 유네스코에서는 해마다 세계에서 문맹 퇴치에 공이 큰 이들에게 세종대왕 문명 퇴치상을 주고 있습니다. 이 상의 이름이 "세종"이라는 이름을 딴 것은 세종대왕이 만든 한글이 가장 배우기 쉬워서 문맹자를 없애기 위한 좋은 글임을 세계가 인정했기 때문입니다.

(서정수, 가장 익히기 쉬운 글자, 한글 중에서)

위의 글을 읽는데 1분 정도가 걸린다면, 적당한 속도라 말할 수 있다. 만약 그렇지 않다면 1분에 맞추어서 읽는 연습을 하라. 그렇다면 좋은 읽기 속도를 가지게 될 것이다. 적당한 속도라 하면, 읽는 사람이 편하고, 듣는 사람도 편한 속도를 의미한다.

- 연습을 충분히 하라.

준비를 철저히 하면 잘못 읽어 사과하는 경우는 없을 것이다. 거울 앞에서 연습하는 것은 시선 방향을 점검하는 좋은 방법이 된다. 큰 소리로 읽고 본인의 목소리를 확인한다. 가족 앞에서 읽거나 녹음하여 연습하는 것도 좋은 방법이다. 읽을 자료와 친숙해지면 자신감을 한층 더 갖게 된다.

- 읽는 속도는 말하는 것보다 천천히 읽어라.

청중이 내용을 이해할 수 있도록 천천히 읽고 발음의 끝부분을 명확히 하라.

- 목소리는 강의실 뒷자리에서도 들을 수 있을 정도로 크게 읽어라.

만약, 어떤 이유로 읽기에 방해되는 일이 생기면 방해 요소가 없어진 다음 계속 읽어라.

- 가능한 한 자주 고개를 들어 앉아 있는 다양한 사람들과 두루 눈을 마주쳐라.

- 원고를 들지 않은 한 손은 자연스럽게 옆에 떨어뜨려 놓으라.

필요한 때에는 적절하게 제스처를 쓰도록 한다. 한 손으로 불필요한 동작을 하거나 불필요한 습관은 피하는 것이 좋다. (예: 단추, 옷 만지기 등)

- 읽는 속도는 읽고 있는 본인의 감정이 표현될 수 있도록 속도를 다양하게 조절하라.

단조로운 톤으로 읽어 내려가면 듣는 사람들이 졸리게 된다. 극적인 효과를 얻기 위해 읽는 도중에 잠깐씩 뜸을 들이는 것이 좋다.

- 강조할 부분은 단어나 문장을 반복하라.

- 긴장과 초조함을 없애는 데 필요할 경우 가끔 몸을 움직여라.

상체를 앞으로 숙이거나 뒤로 젖히거나 하는 것은 좋으나, 걷는 것은 피하라.

- 구두점에 따라 읽으라.

쉼표에서는 쉬고, 마침표는 멈추고, 물음표는 목소리를 올리고, 느낌표는 느낌을 보여주라. 읽기에 있어 구두점의 중요성을 나타내는 예문이 하나 있다. (예: 아버지가 방에 들어가신다. ==> 아버지 가방에 들어가신다.)

- 읽는 톤에 색깔을 입혀야 한다.

유머, 슬픔, 화 등 읽는 사람의 기분을 표현할 수 있도록 목소리의 높낮이를 바꾸라.

- 읽다가 중간에 읽는 곳을 잊어버렸다면, 마음의 평정을 유지하라.

잠시 멈추고 쭉 훑어 내려가며 읽을 곳을 찾은 다음 계속하라. 그 시간이 읽는 사람에게는 영원한 침묵처럼 느껴질지도 모르지만, 실제로는, 단지 몇 초에 불과하며 이 시간이 청중에게는 조금 전에 말한 것을 충분히 이해하는 데 필요한 시간이 된다.

- 만약 마이크를 사용한다면, 사전에 마이크를 점검한 후 '테스트'하라. (마이크 테스트 중입니다.)

마이크를 사용할 시에는 반드시 마이크 상태와 음향 볼륨 리볼버 전체를 리허설 하듯이 사전 점검하는 것이 중요하다. 바로 강의로 들어갈 시에는 마이크 테스트 멘트를 재밌게 한다. 예를 들어 하나 하나, 둘 둘, 셋 셋 셋, 여보세요, 안녕하세요, 오늘 참 좋은 날입니다. 여보 여보 여보, 라고 외치면 바로 주변을 웃게 만드는 스폿이 되기도 한다. 그리고 마이크는 마이크 머리를 잡거나 입을 너무 가까이 멀게 해도 안 되고 입술에서 마이크 머리만큼 띄우고 마이크를 사용하면 된다. 스피치의 기본은 연습이다. 그런데 어떻게 연습해야 할지 모르는 경우가 많다. 그럴 때 위의 내용으로 읽기 연습을 해둔다면, 아주 유용하다.

레크리에이션 스피치

레크리에이션은 놀이, 게임, 여가를 포괄하는 의미의 생활 문화를 뜻하는 말이다. 특정 공간에 모여 사회자와 구성원들이 함께 진행하는 정신적, 신체적인 놀이라 할 수 있다. 그렇기에 단체성, 활동성, 실용성, 재미가 있어야 한다.

레크리에이션은 단체나, 복지, 치료, 교육 등 공동체에 널리 활용되며, 놀이나 게임을 통해 구성원의 소속감과 단합을 도모한다. 공간과 사람, 약간(필요에 따라)의 도구만 있으면, 진행이 가능하고, 참여자들을 즐겁게 만들 수 있다. MC의 역할에 따라 즐거움의 강도가 결정된다. 레크리에이션 스피치를 익히게 되면 MT나 여행, 학교 소풍, 회사 행사, 연말연시 행사, 워크숍 등 여러 사람이 모인 자리의 분위기를 띄울 수 있다. 그리고 진행하는 사람은 어디서나 빛이 난다.

다음은 필자가 실제 진행한 레크리에이션 스피치 사례이다. 현장감을 살리기 위해 구어체로 서술했다.

- 초두 인사

오늘 귀한 이 자리를 흥겹게 하라는 역사적 사명을 띠고 마이크를 잡은 이소희입니다. 저의 이름은 밝은 미소를 머금고 기쁨에 찬 인생을 축제하듯이 살아가라는 의미입니다. 이름 뜻에 맞게 살고 있으며, 또 여러분과 오늘 기쁨을 함께하려고 이 자리에 섰습니다.

여기에는 훌륭하신 분들이 많이 모여 계십니다. 그런데도 젊은 제가 OO 회장님의 명령을 받고 용기를 냈습니다. 이 자리를 즐겁게 만들기 위해서는 지혜로우신 여러분의 격려가 필요합니다. 함성과 함께 박수 부탁드립니다.

여기 모이신 모든 분은 지성과 야성미가 넘쳐 보입니다.

(한 분을 지목하며) 특히나 저기 앉아 계신 분 저렇게 이쁘시면 죄가 많습니다. 어떤 죄목이냐 하면 저의 마음을 설레게 한 죄입니다. 이런 사람은 영장 없이 제 마음에 있는 감옥에 구속합니다. 무기징역감이죠. 하하하.

- 분위기 잡기

여러분이 오늘 워크숍 겸 야유회 가신다고 해서 제가 어제 하늘에 식봉전화를 넣었습니다. 이쁜 선녀, 선남들이 남해로 소풍 가는데 맑은 하늘과 새하얀 뭉게구름 공연을 펼쳐 달라고, 그리고 좋은 공기 많이 내려달라고 요청했지요. 제 전화를 받은 하늘이 오늘 이렇게 화창한 날씨를 주셨네요.

행사 분위기에 동참하며, 힘을 실어주는 여러분이 오늘 주연입니다. 자, 옆에 앉아계시는 분과 악수를 뜨겁게 하면서 칭찬 두 개씩 주고받으세요.

예: 옆에 앉아주셔서 고맙습니다. 오늘 나에게 당신은 최고로 특별한 선물입니다. 오늘 내가 만난 사람 중에 최고로 매력적이십니다. 앞으로 쭈욱 인생 대박 나세요.

– 간단한 게임으로 마음 열기

인생 백세시대입니다. 결혼은 해도 되고 안 해도 되며 몇 번을 할 수도 있습니다. 재테크라 하면 부동산, 저금통장, 주식투자 등을 이야기합니다. 하지만 그것보다 더 큰 재테크는 친구 재테크입니다. 바다처럼 마음이 넓은 친구, 돈 많은 친구, 혼자 사는 친구, 날라리 친구, 목사 친구, 스님 친구, 나이 어린 친구, 나이 많은 이성 친구, 평생 중요한 부부 재테크입니다. 그러나 이 순간 가장 중요한 재테크는 바로 내 옆에 앉은 짝꿍 재테크입니다. 그런 의미에서 바로 옆 사람에게 손뼉을 쳐 주시기 바랍니다.

제가 100세 시대를 사는 여러분이 얼마나 건강한지, 몇 세까지 사랑을 나누며 행복하게 살 수 있는지 테스트를 한번 해 보겠습니다. 궁금하시죠? 궁금하면 박수 시작! 큰소리로 '얏'을 외치며 박수 준비해 주시기 바랍니다. 7초 이내에 몇 번을 치는지 보도록 하겠습니다.

감성스피치는 인생을 바꾼다

박수 시작!

몇 번을 치셨나요? 박수 친 나이에 자신의 나이를 더해 주십시오. 그것이 자신의 건강지수이자 수명입니다. 다음으로는 행운의 7초 박수를 치겠습니다. 1.2.3.4.5.6.7. 스톱.

감사합니다. 이제까지 친 박수는 저를 환영해 주기 위한 박수였습니다.

이번에는 옆 사람과 가위바위보를 해 주시기 바랍니다. 진 사람은 촌수, 족보 무시하고 오늘만 동생이 되는 것입니다. 물이 먹고 싶다고 하면 대령하고 가방도 들어주고 안마도 해주고 사회자가 다음 가위바위보에서 역할을 바꿀 때까지 동생이 되어야 합니다. 오늘 종일 할지 오전 오후 저녁에 바뀔지 시간마다 바뀔지 오늘부터 계속 형님으로 모셔야 할지는 사회자인 저의 마음입니다. 자, 이긴 사람은 동생을 향해서 한마디 하세요. 저를 따라 해 주세요.

"오늘 져주셔서 감사합니다. 우짜노, 세상에, 무슨 이런 일이 다 있노. 내가 너보다 열 살이나 어린데노 내가 형님이 되는 것은 내 탓이 아니고 다 이소희 교수 덕 아니겠나, 그리고 니 팔자다."

진 사람은 형님 어깨에 손을 얹고 노래에 맞춰서 안마를 시원하게 해주세요. 자, 노래는 '내 나이가 어때서'입니다. 이 노래에서 사랑이라는 단어가 나올 때마다 안마하다가 형님 옆구리를 꽉 간지

럽히면서, 형님을 놀리면서, 재롱을 부리면서, 꽉, 잡습니다. 여기서 형님이 간지럼을 못 참고 넘어지거나 쓰러지면 형님이 아우가 되는 것입니다. 이해되셨죠? 자 신나게 노래 부르면서 달립니다.

(내 나이가 어때서 노래를 따라 부르며 안마를 한다.)

여기까지는 서로서로 친해지기 위한 마음 열기였습니다.

- 참석자 소개

여러분 지금부터 30초 자기 광고 시간을 가지겠습니다. 자기소개를 간단히 하고 30초 광고하듯이 키워드로 자기소개를 하겠습니다. 10초 초과 시 벌점이 주어집니다.

오늘은 마이크 임자인 저의 지시에 따르셔야 합니다. 벌칙을 지키지 못하시면 백지수표나 찬조금을 내시면 되겠습니다.

이름을 부르시면 쓰리 쿠션으로 대답하셔야 합니다. 1쿠션 대답은 '네?', 2쿠션 대답은 '네, 접니까?' 쓰리 쿠션 대답은 '네, 접니다, 감사합니다!'입니다.

1번 쿠션 대답을 한 사람은 보통 사람으로 살 것이고, 2번 대답을 한 분은 좋은 인생을 살 사람이며, 쓰리 쿠션 대답을 하신 분은 만인의 연인이 되어 호감과 응원을 받고 살 것입니다. 쓰리 쿠션 대답을 하게 되면, 상대방을 존중하며 기쁘게 하는 효과가 바로 나타나기에, 곧 내가 행복해지고 인정받고 존중받는 길이 열리

감성스피치는 인생을 바꾼다

게 됩니다. 출세 성공의 쓰리 쿠션 대답을 많이 실행하시기 바랍니다.

- 참석자 중에서 오락부장 뽑기

저 혼자 MC 하는 것은 아무래도 약한 것 같습니다. 양쪽 팀에서 저를 도와줄 오락부장을 뽑겠습니다. 자, 주변을 둘러보세요. 학교 다닐 때 가장 공부를 못했을 것 같은 사람을 손으로 '너'하고 지목해 주세요.

자, 자기 팀 중에 가장 많이 지목을 받으신 분 자리에서 일어나세요. 네, 일어나신 분 오른쪽 분이 기생이 되겠습니다. 반전이죠? 당첨입니다.

남자 기생에게는 미리 준비해 온 헤어밴드, 브래지어, 치마저고리를 입히고, 여자 기생에게는 브래지어와 목걸이 짧은 치마가 증정되겠습니다. 지금부터 댄스곡이 신나게 나오면 그 분위기에 맞춰서 끼와 애교, 표징까지 온몸으로 매력 발산해 주시기 바랍니다. 참석한 여러분은 기생이 매력적이고 웃음이 나올 때마다 그 브래지어와 새끼줄에 세종대왕과 신사임당을 꼽아주시면 되겠습니다.

양 팀에서 오락부장 기생들이 찬조금 꽂힌 것 수거한 금액 중에서 오늘 남은 돈은 그 팀과 오락부장의 이름으로 사회 열악한 곳에 기부하도록 하겠습니다.

- 마무리

여러분 즐거우셨나요?

오늘 이 자리는 일반시민, 국회의원까지 참여하여, 친해지고 재밌고 즐거운 자리가 되었습니다. 함께 해 주신 모든 분께 감사드립니다.

레크리에이션 스피치는 게임과 유머로 웃음을 주는 고차원의 스피치라 할 수 있다. 단체의 소통과 화합을 끌어내고 조직력까지 단단하게 만드는 효과가 있다. 그리고 모임에서 처음 만나는 사람과의 어색함을 해소하고 새로운 관계를 자연스럽게 맺으며 즐길 수 있는 이 시대에 꼭 필요한. 힐링 스피치라 할 수 있다.

칭찬 스피치

칭찬은 사람을 성장시키고 움직이게 만들고 자신감을 가지고 당당하게 살아가게 하는 힘이 있다. 우리 사회가 칭찬하는 문화를 가진다면, 더욱더 밝아지고 살기 좋은 사회가 될 것이다. 일상에서 얼마나 남을 칭찬하며 사는가? 칭찬은 고래도 춤추게 한다는 말이 있다. 그 말은 불가능을 가능하게 만드는 힘이 있다는 말이다. 다음은 칭찬 예찬이다.

- 칭찬 예찬

칭찬은 전파 탐지기다. 숨어 있는 거대한 능력을 찾아낸다.

칭찬은 보물이다. 찾을 때 기쁨이 두 배다.

칭찬은 키 크는 약이다. 몸과 마음을 열 배로 키워준다.

칭찬은 에밀레종 소리다. 여운이 오래 남는다.

칭찬은 성장촉진제다. 칭찬받으면 자신감이 쑥쑥 자란다.

칭찬은 빛이다. 마음속을 대낮처럼 환하게 밝혀 준다.

칭찬은 총명탕이다. 바보도 천재로 만들어 준다.

칭찬은 자유이용권이다. 언제 어디서나 마음대로 사용할 수 있다.

칭찬은 보약이다. 힘이 들 때 보약 먹은 것처럼 힘이 난다.

칭찬은 금맥이고 금광이다. 능력과 잠재력을 개발시킨다.

칭찬은 스마일 디자이너다. 웃음으로 인생을 디자인한다.

칭찬은 첫인상 메이커다. 처음 만나는 사람에게 좋은 인상을 준다.

칭찬은 현찰 박치기다. 현장에서 즉시 효과가 나타난다.

칭찬은 헤어디자이너다. 단숨에 멋진 스타일로 바꿔 놓는다.

칭찬은 평생 회원권이다. 죽을 때까지 그 힘으로 기쁨 속에 살아가게 한다.

칭찬은 보물찾기다. 모르는 것을 발견하는 기쁨의 원천이 된다.

칭찬은 무더위 속의 아이스크림이다. 마음속까지 시원해진다.

칭찬은 호흡이다. 죽을 사람도 살린다.

칭찬은 성형수술이다. 단숨에 미인으로 만든다.

칭찬은 저금통장이다. 기쁨으로 삶의 질을 풍요롭게 만든다.

칭찬은 신용카드다. 어디서나 요긴하게 효율적으로 통용된다.

칭찬은 위대한 대통령이다. 새로운 역사를 써나가게 한다.

칭찬은 만능열쇠다. 어디나 마음의 문을 열고 들어간다.

칭찬은 굿 뉴스다. 좋은 소식이 멀리멀리 삼만리까지 퍼져나가게 한다.

칭찬은 요술 방망이다. 지옥도 천국으로 만든다.

칭찬은 메아리다. 반드시 돌아온다.

칭찬은 수리공이다. 고장 난 인생을 고쳐준다.

칭찬은 씨앗이다. 무한한 가능성을 갖고 있다.

칭찬은 금메달이다. 받으면 기분 좋고 금쪽처럼 귀한 사람으로 변화된다.

칭찬은 고급 콜라겐이다. 피부와 인상을 아주 곱게 만들어 준다.

칭찬은 종합비타민이다. 몸과 마음을 상큼하게 해 준다.

칭찬은 양식이다. 매일 먹어도 부작용이 없다.

칭찬은 응원단장이다. 자부심, 자존감, 자신감이 넘치게 힘을 준다.

칭찬은 영혼이다. 보이지 않지만 가장 중요하다.

칭찬은 촉매제다. 관계를 부드럽게 만든다.

칭찬은 애인이다. 매일 매번 만나고 싶고 그립다.

칭찬은 후원회 회장이다. 언제나 지지해 주고 응원해 준다.

칭찬은 행복 배달부다. 칭찬만 배달되면 행복이 넘친다.

칭찬은 행복의 마술사다. 고통을 당해도 몇 배의 힘이 난다.

칭찬은 산소다. 들으면 머리가 맑아진다.

칭찬은 로또 복권이다. 인생의 대박이다.

칭찬은 1%의 영감이다. 99%의 잠재력을 끌어낸다.

칭찬은 마음의 영양제다. 마음의 근육을 튼튼하게 만든다.

칭찬은 친한 친구다. 언제 만나도 즐겁다.

칭찬은 겨울의 태양이다. 모두를 따뜻하게 해 준다.

칭찬은 개그맨이다. 모두를 웃게 한다.

칭찬은 효자다. 효도를 받은 것처럼 행복하다.

칭찬은 가정의 혁명가다. 가정의 분위기를 확 바꿔준다.

칭찬은 연애편지다. 받으면 설레고 흥분된다.

칭찬은 나를 나답게 만든다.

인생에 승리한 사람은 한결같이 칭찬의 명수다. 사상 위대한 교육자는 칭찬하는 사람이다. 남을 칭찬하는 사람이야말로 진실로 명예로운 사람이다. 칭찬의 말 한마디면 수명을 1년 연장한다. 칭찬은 사람을 변화시킬 수 있는 확실한 무기이다.

☞칭찬 박사 과정 일부 내용 인용함.

세상 모든 사람은 칭찬받을 이유가 있다. 왜? 세상에 태어난 것

자체가 하늘의 칭찬 결과이기 때문이다. 사람은 자신만의 향기와 색깔을 지니고 있기에 그것만으로도 칭찬받을 만한 충분한 이유가 된다. 인간이 원하는 4가지는 돈, 권력, 명예, 존경이다. 그중에 마지막까지 붙잡고 싶은 것이 명예이고 존경이다. 칭찬하는 사람으로 살면 명예는 물론이고 권력과 돈까지 따라오고 존경받는 사람이 된다.

당신의 남은 날이 남을 칭찬으로 물들이는 행복한 나날이 되기를.

비전 미래 희망 스피치

한 번뿐인 인생 가슴 뛰는 삶을 살기 위해서는 미래에 대한 비전이 있어야 한다. 막연한 꿈이 아니라 구체적인 미래에 대한 지도가 필요하다. 지나온 삶을 되돌아보고 앞으로의 행복한 삶을 위해 미래 행복 지도를 그려보자.

지도는 한눈에 볼 수 있어야 한다. A3 용지 이상 크기에다 아래 각 항목을 기재하여 본다. 제목은 '○○○의 행복한 인생, 성공 지도'라고 크게 쓴다.

가. 숫자로 보는 인생

태어난 년도 : 1964년

살고 싶은 나이 : 86세(2050년)

평생 사는 일수 : 365 X 86 = 31,390일

지금까지 살아온 날 수(본인 나이 X 365) : 365 X 58 = 21,170일

앞으로 살날 : 10,220일

나. 현재 나의 삶

소속 : K 주식회사

이름 : 김한국

직위 : 이사

근속연수 : 30년

어린 시절 나의 꿈은 : 작가

3년 안에 개인적으로 꼭 성취하고 싶은 것은 : 책 출간

지금까지 성취한 것 : ○○○

이루지 못한 것 : ○○○

이루어야 할 것 : ○○○

다. 남은 날의 인생 목표

태어났을 때 정말 우렁찬 목소리로 울었다. 나의 탄생을 알리는 울음소리에 세상은 기뻐했다. 나의 죽음 앞에 세상은 울 것이다. 하지만 지금부터 죽음에도 기뻐할 수 있는 그런 삶을 살아갈 것이다.

인생의 목표를 성취하기 위해서는 방향 설정이 제대로 이루어져야 한다. 나의 인생 방향 목표를 구체적으로 정하고 글로 쓰자.

라. 살아온 날과 죽음까지

생년월일 / 어린 시절, 학창 시절 / 직업(결혼 포함) / 3년 후 5년 후 나의 모습 / 십 년 후의 나의 모습 / 어떤 것을 이루고 죽을까? / 어떤 것이 아쉬움으로 남을까?

마. 비전을 이루기 위한 세부적인 실천 계획(구체적인 년도 표시)

현재 또는 추후 가장 간절하고 절박한 꿈 / 버킷리스트 작성하기 / 갖고 싶은 것 / 해야 하는 것들

바. 목표를 이루기 위한 행동 실천 지침 만들기

실천할 것(예 : 운동, 책 읽기, 글쓰기, 인맥 관리, 강의 듣기, 여행 가기 등)

　　　　　　　　감성스피치는 인생을 바꾼다

1.

2.

3.

4.

5.

버려야 할 것(예 : 흡연, 술, TV 시청 줄이기, 게임 등)

1.

2.

3.

4.

5.

사. 묘비명 만들기

자신의 묘비명을 만들어보자.(예 : 이소희 묘비명)

'사람은 자연이고 신대륙이다. 밝고 책임감 있는 젊은 감성 초긍정 절대 긍정 완전 긍정 무한 긍정의 달력 나이를 초월한 만년 소녀 이소희 잠들다'(2035. 8. 10 음력)

아. 사명 선언서 만들기

사명 선언서는 인생 항로의 나침반이다. 비전은 목표 지침을 알려줌으로써 방향감각을 잃지 않게 유지하여 꿈을 현실로 만드는 스킬이다.

사명 선언서 작성

1. 나는 어떠한 삶을 현재 살고 있는가 그 목적은 무엇인가?
2. 비전은 시간에 따라 변할 수 있지만, 사명 미션은 오랜 기간 변하지 않는다.
3. 좋은 사명 선언문의 필수 조건 3가지

   한 문장으로 표현한다. 누구나 이해할 수 있어야 한다. 쉽게 외울 수 있어야 한다.

사명 선언문 (예시)

\# 이소희는 좋은 생각 밝은 미소 책임 행동으로 웃으며 노래하며 삶을 축제하듯이 가르치기 위해서 배우며 세계평화에 이바지한다.

\# 예수는 내가 온 것은 영원한 생명을 얻게 하고 그것을 더 풍성히 얻게 하려 함이라.

\# 감성 스피치 아카데미 사명은 사람들에게 동기부여하여 변화와 성공을

돕고, 개인과 가정과 조직의 꿈을 현실이 되게 하여 행복한 성공으로 안내하는 것이다.

제 5 장

스피치, 먼저 자신을
리모델링하라

성공하는 경영자의 마인드

스피치는 말을 잘하게 만든다. 말은 마음에 든 것이 입으로 나오는 것을 의미한다. 그렇기에 좋은 스피치를 하려면 먼저 마음을 아름답게 리모델링하여야 한다. 좋은 스피치는 성공한 인생으로 만들어 준다. 그렇기에 좋은 스피치를 하려면 성공 마인드가 선행되어야 함은 두말할 필요가 없다. 성공하는 사람의 마인드는 어떠해야 하는가?

사업의 성패는 경영자의 마인드에 의해 결정된다. 고객과의 만남으로 매출이 생성되고 정보와의 만남으로 판단력이 생기고 좋은 직원과의 만남으로 사업이 번창한다. 여기서 좋은 직원이란 좋은 역량을 가진 사람이다. 하지만 아무리 좋은 역량을 가졌다고 하더라도 경영자가 어떻게 대하느냐에 따라 좋은 직원이 되기도 하고 나쁜 직원이 되기도 한다. 결국 사업의 성패는 경영자가 어떤 마인드를 가지고 있느냐로 결정된다.

경영자는 초긍정의 마음으로 사업장에 온 마음을 두어야 한다. 열정, 정성, 진심, 겸손한 마인드로 일하는 경영자에게는 불경기가 없다. 하지만 직원 관리에 실패하면 구멍 뚫린 장독대처럼 조금씩 물이 빠져 결국 실패하게 된다. 그렇기에 경영자는 항상 직원에게 관심과 애정을 가져야 하며 배려해야 한다. 그렇지 않으면 정원에 잡초가 무성해지듯 사업장에는 불평불만이 만연하고, 정원에 꽃이 시들 듯 사업도 시들게 된다. 실패도 성공도 결국 경영자의 마인드가 원인이 된다. 그렇기에 경영자는 항상 진정성 있게 직원을 대해야 한다.

당신은 진정성 있는 경영자인가?

당신은 명예사원과 같은 칭호를 부여함으로써 직원들을 독려하고 소속감을 부여하는가?

당신은 직원이 일과 후 사회모임이나 사회활동을 격려하고 지원해 주는가?

당신은 직원들이 면박이나 비웃음을 걱정하지 않고 의견을 말하도록 분위기를 조성하는가?

감성스피치는 인생을 바꾼다

당신은 직원 중에 업무성과가 높은 사람을 진정으로 격려하고 축하해 주는가?

당신은 직원이 최고의 능력을 발휘할 수 있도록 직무배치를 하고 있는가?

당신은 직원에게 영향을 미치는 의사결정을 할 때 그들의 의견을 반영하는가?

당신은 직원이 창의성이나 독창성을 발휘할 수 있도록 격려하고. 지원하는가?

당신은 직원이 안락하고 쾌활하며 보람을 느끼며 일할 분위기를 조성하는가?

당신은 자기의 역할을 중요시하고 당신과 일하는 것을 자랑스럽게 생각하도록 만드는가?

당신은 직원에게 일방적으로 지시하는가 아니면 직원의 의견을 존중하면서 지시하는가?

당신은 직원이 맡은 바 업무를 충실히 이행하도록 모든 지원과 정보 이용을 보장하는가?

당신은 직원을 나무랄 때 사심 없이 공정하게 하는가?

당신은 스스로 모범을 보이면서 직원을 이끌어가는가?

당신은 직원을 존중하는 마음으로 대하고 있는가?

직원을 진정성 있게 대하는 마인드

직원은 내 직업 현장의 가치다.

직원은 내 직업 현장의 수준이다.

직원은 내 직업 현장의 미래다.

직원은 내 직업 현장의 재산이다.

직원은 내 직업 현장의 가족이다.

직원은 내 직업 현장의 보배다.

직원은 내 직업 현장의 힘이다.

직원은 내 직업 현장의 자랑이다.

직원은 내 성공의 열쇠를 쥐고 있다.

직원에게 비전 부여

직원은 이미지가 좋을 때 비전이 있다.

직원은 자발적일 때 발전이 있다.

직원은 솔선수범할 때 주변이 인정한다.

직원은 건강할 때 자신감이 생긴다.

직원은 신뢰성과 성실함을 가질 때 인정을 받는다.

직원은 책임을 다할 때 소중해진다.

직원은 자신과 현장 동료와 고객이 인정할 때 더욱더 빛난다.

직원의 성공 원칙

눈을 열어라.

마음을 열어라.

입을 열어라.

몸으로 실천하라.

서비스는 필연이다.

직원에게 성공 마인드 부여

고객의 목소리는 님이고 신이고 하늘이다.

내 청춘 내 인생을 내 직업에 바친다.

뼈를 깎는 어려움과 고난이 있어도 웃으며 일어선다.

말과 같이 행동하며 노력한다.

모든 것을 수용할 수 있는 커다란 마음을 갖는다.

직업에 긍지를 가진다.

내일을 내다보고 비전을 그린다.

속도보다 방향 설정이 중요하다.

어떤 결과에 대해서도 책임진다.

능력 향상을 위해 항상 노력하며. 평생 배우며 산다.

내가 앉은 자리는 내가 주인이다.

수석 디자이너 정○○

어느 여름 권○○이라는 남자가 내가 운영하는 미용실에 취직하기 위해 면접을 보러 왔다. 그런데 친구인 정○○이 면접 보러 오는데 따라왔다. 당시는 1, 2층으로 미용실을 경영하고 있었다. 두 사람이 1층에 들어서는 모습이 보였고, 조금 있으니 매니저가 무전기로 면접을 보러 왔다고 알려주었다. 2층 면접 장소로 두 사람이 계단을 따라 올라오는 모습을 CCTV로 보았다. 한 사람은 인상이 밝지 않고 호감 가는 인상도 아니었다. 또 한 사람은 한여름 30도가 오르내리는 날씨 탓에 빨간색 남방셔츠와 반바지 차림이었는데 꼭 야외 놀러 나왔을 때의 모습이었다. 첫인상이 좋지 않았다. 아니나 다를까 면접에 임하는 자세가 눈도 마주치지 않고, 자기가 하고 싶은 말만 했다.

"여기는 언제 놀아요? 몇 시부터 몇 시까지 일합니까? 월급은 얼마 줄 수 있나요?"

필자는 듣기만 하고 있었다. 두 사람의 이야기는 5분 넘게 이어졌다. 말이 끝날 즈음에 이렇게 말했다.

"네, 날씨 더운데 여기까지 찾아오시느라 수고 많이 했습니다.

감성스피치는 인생을 바꾼다

그런데 제가 찾고 있는 직원과는 맞지 않네요. 잘 찾아보시면, 두 분이 원하는 미용실을 찾을 수 있을 겁니다. 그래도 더운 날씨에 여기까지 왔는데, 제가 미용실을 경영하는 선배로서 한 가지 팁을 드리겠습니다. 입고 있는 자유 분망하게 디자인된 너덜너덜한 반바지와 남방, 헤어스타일, 인사하는 태도를 보니 상대방에 대한 예의를 갖추지 않았습니다. 현재 모습은 게을러 보이고 자신을 중요하게 생각하지 않는다는 걸 보여주는 것 같습니다. 서비스 현장에 어울리지 않는 전문성이 없어 보이는 패션에, 자기가 하고 싶은 말만 일방적으로 하는 당신은 월급 없이 일한다고 해도 불합격입니다.

다른 곳에 면접을 보러 갈 때는 날씨가 더우니까 정장은 아니라도, 단정하고 깔끔한 이미지를 연출하세요. 먼저 면접을 보러 간 곳에는 어떤 사람을 필요로 하는지 질문하고, 면접 보는 사람의 말을 들어줄 때도, 건들건들하는 자세는 자중하고 예의를 갖춰서 반듯하고 호감 주는 모습으로 정성을 다해 임하세요. 본인의 말과 행동 모습이 바로 본인의 가치고 신뢰입니다.

그렇게 갖추어져야 월급을 많이 주고 채용을 하겠죠. 직원으로 인해 그곳이 발전되고 고객이 만족을 느끼고 다시 찾게 됩니다. 직원의 좋은 품성 속에서 좋은 기술 역량이 발휘되고, 그것이 이윤 창출로 이어질 때 사업장과 직원이 동반 상생하는 삶의 터전이 됩니다. 또한 그러한 사업장은 분명 성장하며 그것은 곧 시스템의 발전으로 이어집니다. 취직해서 시스템이 좋으면 많이 배우면서 감사하면 되겠죠. 그렇지 않으면 본인의 노력으로 시스템을 갖출 수도 있습니다. 결국은 모든 것이 자신의 마인드에서 나옵니다. 그것이 경험이 되고 경험은 철학이 되며, 결국 자신의 가치가 됩니다. 잘해 보세요."

라고 말하고는 그들을 보냈다. 그런데 이틀날, 또 새로운 사람 한 명이 면접을 보러 왔다. 연하고 부드러운 푸른 색조 와이셔츠에 긴 바지를 깔끔하게 차려입고 인사도 깍듯하게 하는 호감 가는 서비스 자세를 갖추고 디자이너의 전문성도 풍기는 멋진 남성이었다. 그런데 그 사람은 다름 아닌 어제 친구가 면접하는데 따라온 정ㅇ ㅇ이었다. 먼저 말을 걸었다.

"왜 또 오게 됐습니까?"
라고 물으니,
"어제 잠깐이었지만, 원장님 마인드에 반했습니다. 제가 이곳에 서 일할 수 있도록 기회를 주세요. 부탁드립니다. 급여는 신경 쓰 지 않겠습니다. 알아서 주십시오. 제가 한 능력만큼 주시면 됩니 다."

라고 말했다. 어제 내가 그렇게 말했을 때, 그냥 지나칠 수도 있 었는데, 완전 다른 사람으로 나타난 것이다. 그 점을 인정해서 일단 수습 기간 3개월을 근무하면서 내부고객인 동료와 잘 지내는지, 고객의 호응도는 어떤지, 전문가는 기능이 중요하니 일단 보고 결정을 하겠다고 말하고 채용했다.

그는 정말 열심히 일했다. 밥 먹고 화장실 가는 시간 외에는 현장에서 한 발자국도 벗어나지 않았다. 그리고 월 매출 천만 원 이상을 올리는 수석 디자이너가 되었다. 수석 디자이너는 출퇴근을 맘대로 하고 현장에서 기술 강의도 할 수 있는 자격을 갖는다.

첫날과 두 번째 날, 똑같은 사람이었다. 하지만 똑같지 않은 사람이었다. 그 차이는 마인드이다. 하려는 마인드가 그 사람의 모습을 바꾸었다. 옷차림과 태도를 바꾸었다. 하려는 마음의 자세, 그것이 프로의 기본이다. 기술은 그다음이다.

프로의 길

프로가 되지 않고 성공하는 사람은 없다. 먼저 프로의식을 가져야 성공하는 스피치를 할 수 있다. 사람은 자기가 가지지 못한 것을 남에게 줄 수 없다. 자신이 가지지 못한 것을 가진 것처럼 말하는 것은 사기다. 그렇기에 성공적인 스피치를 하려면 먼저 성공 마인드를 가져야 하는 것은 당연하다. 성공 마인드를 가지는 것, 그것이 곧 프로의 길이다.

　성공에 있어 가장 중요한 것은 믿을 수 있는 친구, 직원 등 주변 인맥이다. 또한, 자기 주변에 있는 일가친척, 이웃, 선배, 후배이다. 그들 모두가 스승이다. 가족은 최고의 동반자가 될 수도 있고 방해자가 될 수도 있다. 성공에 있어 가장 장애가 되는 사람은 적보다는 천박한 친구이다. 사주가 아무리 좋게 태어나도 관상보다 못하고 관상이 아무리 훤하고 복스러워도 바르고 건강한 신체의 상보다 못하고, 신체의 상이 아무리 멋져도 감사할 줄 아는 심성보다 못하다. 내면의 심성이 고와야 진정한 프로의 삶을 걸어갈 수 있다.

　프로의 길이 최고의 길이다. 그 길을 걸어야 한다. 사람 중에서 1%는 하늘이 준 부자이다. 태어날 때부터 부유한 가정에서 태어난 사람을 말한다. 4%는 노력이 준 부자이다. 현대 그룹의 정주영이나 삼성 이병철, 빌 게이츠, 워런 버핏 같은 부자가 이에 속한다. 10%는 정부의 도움을 받는 생활보호대상자이다. 15%는 극빈층에 속한다. 나머지 70%는 자영업이나 샐러리맨으로 살아가고 있다. 70% 속에 프로가 많다. 당신도 이 속에 포함될 가능성이 크다.

　우리 교육원에서는 업무를 시작하기 전 워밍업으로

　"좋은 생각, 밝은 미소, 책임 행동, 나 ○○○은 할 수 있다, 할 수 있다."

라는 원훈을 외친다. 어떠한 힘든 일이 닥칠지라도 좋은 생각을 하고, 밝은 미소를 지으려 한다. 미소는 거대한 에너지가 되어 그 어려움을 극복할 수 있게 만들어 준다.

타고난 부자 가문과 나를 위해 성공을 이끌어주는 부모님을 만나지 못했더라도, 프로가 되려면 미소 통장을 개설해야 한다. 표정과 미소는 그 사람의 정신세계를 말해준다. 서비스직에서 프로로 성공을 하려면 첫인상이 좋아야 한다. 첫인상은 3초에서 5초 만에 60~70%를 결정짓는다. 2차 이미지는 그 사람과 함께 관계를 맺어야 알 수 있다. 첫인상이 좋지 않으면 그것을 회복하는 데 몇십 배나 힘이 든다.

인사할 때 눈을 3초 동안 맞추고 고개를 15도 각도로 숙여야 한다. 눈빛, 눈썹 인사라고 말하기도 한다. 입 모양은 입꼬리를 올리면서 치아는 8개가 보이게 웃으면서 인사한다. 심리적 안정시간은 7분 정도 소요가 된다.

프로의 길을 간다는 것은 한세상, 한목숨을 내 직업에 바친다는 것이며, 내 직업을 즐긴다는 것이며, 내 직업을 인류에 바친다는 각오가 되어있어야 한다. 그 어떤 어려운 일이 있어도 행동으로 실천해서 결과를 만들어야 한다. 나는 아침마다 이렇게 외친다.

"이소희는 어려움, 시험, 외로움을 이긴다. 나 이소희는 넓고 깊고 커다란 마음을 갖는다. 나 이소희는 강하다. 행복하다. 멋이 있다. 해낸다. 할 수 있다. 자기를 이기는 자는 나라를 지배하는 것보다 훌륭하고 위대하다. 나 이소희는 오늘도 지금도 언제나 순간순간 성공, 평화, 희망, 행복을 선택한다."

프로가 되기 위한 5가지 요건

직업인은 프로가 되어야 한다. 세상에는 3가지 부류가 있다. 첫 번째는 포로다. "네가 대학교 나와서 어느 정도만 하면, 사업장 차려주고 디자이너 스카우트해서 일하게 해 줄게. 그러면 너는 멋지게 계산대에서 돈만 세면 된다."라고 말하는 부모를 둔 사람이 포로다. 두 번째 테러다. 취직해서 그 사업장 안 좋은 것만 소문내고 다니는 사람이다. 특히 고객이 말한 정보를 외부에 흘리거나, 소문내고 다니는 철없는 직업인이다. 이런 직원은 도움은커녕 사업장 이미지를 깨부수는 테러 직원이다. 세 번째 프로다. 프로란 자신의 능력에는 한계가 없다는 생각으로 끊임없이 배우고 도전하며, 일을 신나게 즐기는 사람이다.

프로란, 누구에게나 인정받는 사람이다. 프로가 되기 위해서는 다섯 가지의 요건이 필요하다. 첫째, 관계 경영이다. 프로는 관계 경영을 할 줄 알아야 한다. 관계에서 가장 중요한 것은 예의를 지키는 것이다. 예의의 근본은 친절, 사랑, 존경을 표시하는 것이다. 그런 예의를 지키지 못하면 프로라고 말할 수 없다. 살아간다는 것은 관계를 만들어 간다는 것의 다른 말이라 할 수 있다. 프로는 얼마

감성스피치는 인생을 바꾼다

나 명품 인간관계를 형성했는가로 결정된다.

둘째, 자신을 경영할 줄 알아야 한다. 가족, 사회, 주변에 끌려다니면 프로가 될 수 없다. 자신만의 독립 국가를 세워야 한다. 자신 경영에는 NO라고 말할 수 있어야 한다. 마음속 수첩에 어떤 여권을 가진 자가 들어올 수 있게 하는가? 내 속에 이미 들어와 있는 자가 천박한 자는 아닌가? 인생을 박살 낼 무서운 테러리스트라면 어떻게 추방할 것인가? 자신만의 법령을 만들어 놓았는가? 자신은 어떤 여권을 만들 수 있는 사람인가? 얼마나 진실한가? 성실한가? 노력가인가? 건강한가? 긍정적인가? 등 자신을 분석하고 검토할 줄 알아야 한다.

셋째, 정신 경영을 할 줄 알아야 한다. 일하다 보면 어려움이 따르기 마련이다. 고객 심리, 기분, 기술 시술, 서비스 상황에서 어려움이 발생하면, 무너지지 않아야 한다. 그 어려움을 자신을 성장시키는 기회로 활용하는 정신력이 중요하다. 정신 경영에는 낙천적 정신, 도전적 정신, 당당한 정신을 가지는 것이 필요하다. 삶을 살아가는 데에 있어, 매 순간 어려움, 힘겨움과 외로움, 실수, 후회, 결핍 등이 있기 마련인데 '피할 수 없으면 즐기라.'는 명언처럼 이것도 고맙고 저것도 감사하다고 생각하는 마음이 있어야 한다. 그래도 낫다, 오늘도 행복하다, 희망적이라고 생각하면 뇌의 기능이 긍정적 방향으로 전환이 된다. 그런 발상을 할 수 있는 정신력을 가져야 한다.

넷째, 체력을 경영할 줄 알아야 한다. 기술 좋고 서비스 좋고 고객이 아무리 많아도 체력이 뒷받침되지 않으면 성공할 수 없다. 또한, 돈이 들어오는 통로도 막히게 된다. 건강이 힘이고 실력이고 삶의 근본이다.

다섯째, 감사 경영을 할 줄 알아야 한다. 감사의 통장에서 아무리 감사를 인출하더라도 잔고는 계속 불어난다. 성경에 범사에 감사하라는 말이 있다. 너무 힘들 때 하늘을 보면 언제나 그 자리에 있다. 그 이유만으로도 감사의 이유가 된다. 햇빛과 맑은 공기와 땅을 밟을 수 있는 자유까지도 감사해야 할 이유이다. 돈이 있든지 없든지 사계절이 있어 감사하다. 자연보다 소중한 부모님이 계셔서 감사하다. 존경하는 멘토 훌륭한 선배, 후배가 있어서 든든하니 감사하다. 오늘도 누군가 자신의 분야에서 수많은 상품을 만들어 주는 사람이 있어서 감사하다. 세상은 내가 만들지 않았는데 커다란 슈퍼마켓과도 같다. 그 모든 것에서 감사하는 마음을 가지면 그것은 내 것이 된다. 무엇을 선택하느냐는 내 몫이다.

프로의 성공 원칙

프로에게는 성공 원칙이 있다. 첫째, 눈을 열고, 둘째, 마음을 열고, 셋째, 입을 열고, 넷째, 몸으로 실천해야 한다는 것이다.

첫째, 눈빛 속에 정열, 신뢰, 희망, 아름다운 생각이 있어야 한다.

현장을 둘러보고 스스로 할 일을 찾을 수 있는 눈을 가져야 한다. 잘되어 있는 곳, 잘못되어 있는 곳, 구석진 곳을 보는 눈, 먼저 해야 할 일과 나중에 해야 할 일을 선별할 줄 아는 눈, 그 눈이 지혜로운 프로의 눈이다.

둘째, 어떤 마음을 가지느냐에 따라 호르몬 분출이 달라진다. 누구의 눈치를 보지 않고 자신의 일에 집중하는 마음을 가져야 한다. 일하면서 현장 밖에 있는 가족, 애인, 십 년 뒤의 일, 쇼핑할 생각, 놀러 갈 생각을 하면 집중이 되지 않는다. 그러한 것이 습관으로 굳어지면 부적절한 자세가 되며, 진정한 프로가 되기 어렵다. 그렇기에 현재 자신이 하는 일에 집중하는 마음이 필요하다.

셋째, 입이란 침묵이다. 침묵은 금이란 말이 있다. 필요 없는 말을 많이 하면 입 냄새만 난다. 목소리가 아름다운 멜로디가 되어 손님에게 전달되지 못하는 화술 부족과 세련되지 않고 정감이 부족한 스피치는 다른 사람에게 신뢰를 주지 못한다. 차라리 침묵하는 것이 더 낫다.

넷째, 프로는 몸이 말하는 전문직이다. 눈으로 발견하고, 입으로 반기고, 마음으로 디자인하며, 몸으로 실천하여 고객에게 만족을 주어야 한다.

마이너스 발상과 플러스 발상

말은 중요하다. 같은 상황에서도 어떻게 말을 하느냐에 따라 행복과 불행이 결정된다. 우리 시대 가난한 어떤 집의 저녁 모습이다. 중간에 테이블이 있고 텔레비전을 보고 있는 할머니와 아이, 엄마가 있다. 아이가 놀다가 테이블 위의 물병을 떨어뜨려 깨버렸다.

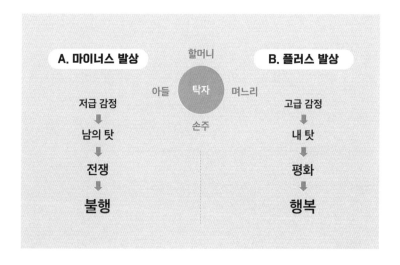

상황 A : 부정적인 가정의 모습

아이가 물병을 깨뜨리는 것을 본 아이 엄마는 인상을 쓰며 버럭 소리를 질렀다.

감성스피치는 인생을 바꾼다

"어이구 못 살아, 이 좁은 집에서 말 안 듣고 사고만 치는 애와 살려니 속이 터진다."

텔레비전을 보고 있던 할머니가 그 말을 듣고

"야, 나는 애를 몇 명이나 키웠는데, 아이 하나 제대로 못 키워 맨날 소리치냐?"

밖에서 집으로 들어오다 그 소리를 들은 아버지는

"밖에서도 힘들어 죽겠는데, 집에 와서도 이 모양이니 정말 살 맛 안 난다."

아이는 풀이 죽은 채 고개만 숙이고 있다.

상황 B : 긍정적인 가정의 모습

아이가 물병을 깨뜨리는 것을 본 아이 엄마는 웃으며 아이에게 다가가 말했다.

"혼자 놀려니 심심하지. 깨진 물병은 엄마가 치울게, 치우고 나서 같이 놀자."

텔레비전을 보고 있던 할머니는

"다치지 않았니? 내가 텔레비전에 정신이 팔려 아이와 놀아주지 못했구나. 내가 좋아하는 가수의 노래만 듣고 너와 놀아줄게."

밖에서 집으로 들어오다 그 소리를 들은 아버지

"아이는 그러면서 크는 거지. 병이 깨진 것은 더 좋은 일이 생길

징조야."

　같은 상황에서 마이너스 발상을 하는 집과 플러스 발상을 하는 집은 완전 정반대의 모습이다. 상황 A는 남을 탓하는 저급 감정의 말을 내뱉는다. 그다음 단계는 서로 싸우는 전쟁 상황이 예상된다. 이런 상황이 지속된다면 그 가정은 불행해질 수밖에 없다. 반면 상황 B는 실수한 아이를 위로하는 고급 감정의 말을 내뱉는다. 그다음 단계는 서로를 따뜻하게 감싸는 평화의 상황이 예상된다. 이런 상황이 지속되면 그 가정은 행복해질 수밖에 없다. 이처럼 어떤 발상을 하느냐에 따라 긍정적인 말을 하여 행복으로 이어지기도 하고 불행한 결과를 맞이하기도 한다. 플러스 발상을 하는 긍정의 말을 듣고 자란 아이와 마이너스 발상을 하는 부정적인 말을 듣고 자란 아이는 어떤 어른이 될까?

　감정에는 레벨이 있다. 다음은 작가가 심혈을 기울여 만든 의식, 감정, 행동 레벨 표이다.

　0~1000까지의 레벨이 있다. 표를 보면 경계에 있는 것이 긍정임을 알 수 있을 것이다. 평화와 행복한 삶의 출발점이 '긍정'임을 의미한다. 반대로 불행의 시작이 부정적인 생각임도 알 수 있다.

의식 감정 행동 레벨 수준 삶

레벨	의식수준	감정	행동	발전과정
1000 ⬆	평화	자아성취	존경	카타르시스
900 ⬆	봉사	행복	천사	
800 ⬆	존중, 믿음	사랑	따뜻함	고급레벨
500 ⬆	배려	보람	감사	
350 ⬆	포용	책임	용서	상한선
310 ⬆	자발적	낙관	친절	
250 ⬆	중립	선회	여유	중급
200 ⬆	용기	파워(힘)	긍정	기준선
175 ⬇	자존심	경멸	과장	하양선
150 ⬇	분노	미움	공격	잘난척
135 ⬇	욕망	갈망	침착	전쟁/방해공작
100 ⬇	두려움	근심	회피	자기위주
75 ⬇	슬픔	후회	낙담	개인외식
50 ⬇	무기력	절망	포기	
30 ⬇	죄의식	비판	학대	
2U ⬇	수치심	굴욕	잔인함	
0 ⬇	0	0	자살	0

자신만의 캐릭터, 콘텐츠를 만들어라

졸업을 앞둔 대학교 4학년을 상대로 경주 동국대에서 특강을 했다. 다음은 특강 내용이다.

사람은 부모를 바꿀 수 없다. 돈 많은 부모를 가지지 못했다면, 어떻게 살아야 할까? 당연히 직업이 있어야 한다. 직업을 가지기 위해 선행되어야 할 것이 있다. 바로 체력이다. 몸은 인간이 살아가는 데 있어 가장 기본적이면서도 최고의 도구다.

CEO로 성공하기 위해서는 어떻게 해야 할까? 첫째 직업을 잘 선택해야 한다. 직업은 수만 가지가 있다. 직업을 잘 선택하는 것은 인생에 있어 중요한 문제다. 살아가면서 전문가가 되기 위한 시간은 적어도 3년에서 10년 정도의 시간이 걸린다. 지금 당장 돈이 필요하여 아르바이트하는 것도 중요하지만, 자신의 적성을 파악하고 처음부터 자신과 맞는 직업을 선택하는 것은 더 중요하다.

체력만 있어서 안 된다. 거울을 보면 유리 속에 내가 들어있다. 거울 속의 나를 주의 깊게 들여다보자. 헤어스타일과 표정, 옷의 핏 등은 어떠한가? 만약 취업 박람회가 열리고 있다면, 현재 거울 속에 들어있는 나처럼 수백 명의 지원자가 거울 속에 들어있고, 그 앞을 회사의 취업 담당자가 지나간다고 가정하면 유리 속에 든 나를 선택해 줄 만한 모습인가? 회사에서 사람을 뽑는 담당자가 나를 선택할 수 있도록 나만의 캐릭터를 가졌는가? 다른 사람이 호감을 살 수 있을 만한 콘텐츠를 가졌는가? 음성이나 말투는 부드럽고 따뜻하며 신뢰를 줄 수 있을 정도인가? 기획력이라든가, 영업력, 컴퓨터 실력, 적극적인 마인드 등을 가졌는가? 나를 기업체 사장은 얼마를 주고 살 것인가? 평소 자신만의 캐릭터, 자신만의 콘텐츠를 만들어야 한다. 그래야 자신에게 맞는 직업을 가질 수 있다.

졸업하게 되면 취업도 문제지만, 연애와 결혼도 문제다. 돈도 없고 자신감이 없으면 연애와 결혼을 할 수 있을 것인가? 태풍이 오는 것처럼 사랑하는 사람은 한순간에 온다. 그럴 때 돈도 직업도 자신감도 없으면 연애와 결혼에 골인할 수 있겠는가? 인생에서 설레는 감정은 몇 번 오지 않는다. 준비된 자는 사랑을 통해 성장한다. 그렇기에 자신만의 경쟁력을 항시 갖추고 있어야 한다. 경쟁력을 다른 말로 하면 자신만의 캐릭터와 콘텐츠라 할 수 있다.

금수저로 태어나지 않았다고 부모만 원망하고 있을 것인가? 부모를 선택하여 태어난 사람은 하나도 없다. 그렇기에 자신에게 생명을 준 것만두 감사해야 한다. 부모에게 무언가를 기대하는 사람보다 못난 사람은 없다. 흙수저라도 성공한 사람은 수도 없이 많다. 그들은 모두 자신만의 캐릭터와 콘텐츠를 갖춘 사람들이다.

대학 4학년이면 취업이라는 불이 발등에 떨어졌을 것이다. 그렇다고 하여 급하게 불을 끄려고 하지 마라. 급하게 한 것이 오히려 독이 된다. 자기와 맞지 않는 옷을 급하게 껴입으면 다시 벗을 일밖에 없다. 첫 단추를 잘못 끼우면 다시 풀고 다시 꿰어야 하는 법이다. 이럴 때일수록 여유를 가지고 자신의 미래에 대해 깊이 있게 생각해야 한다.

직장이 꼭 대기업일 필요는 없다. 중소기업이 더 알짜 기업인 경우도 많다. 대기업은 업무가 분화되어 있기에 전반적인 일을 배울 기회를 얻기 힘들다. 하지만 중소기업은 인원이 적기 때문에 여러 가지 일을 배울 기회가 많다. 젊었을 때 두루 쌓은 경험은 인생 전반의 경쟁력이 된다. 또한, 대기업일수록 자신의 콘텐츠를 살리기 어렵다. 시스템의 일부인 경우가 많으므로 자신의 끼를 발휘할 기회가 적다. 하지만 중소기업일수록 자신의 능력을 발휘할 기회가 더 많이 주어진다. 대기업은 잘 짜진 시스템에 자신을 맞추기만 하면 되지만, 중소기업은 자신에 맞게 시스템을 만들 기회를 가질 수 있다.

물론 장, 단점이 있다. 보수 측면에서 본다면 대기업이 많겠지만, 젊었을 때 보수를 좀 더 받는 것이 인생 전반을 놓고 볼 때는 큰 의미를 갖지 않는다. 그리고 현시대는 평생직장이란 개념이 과거보다 많이 약해졌다. 처음 대기업에 취업했다고 인생의 승부가 결정 나는 것은 아니다. 중소기업에 들어가더라도 그곳에서 자신을 담금질한다면 대기업보다 성공의 길을 더 빨리 찾을 수 있다.

아직 20대 중반밖에 되지 않았다. 누구나 취업하기 어려운 시대다. 그렇기에 주변에는 취업하는 사람보다 하지 못하는 사람이 더

감성스피치는 인생을 바꾼다

많다. 당장 취업하지 못했다고 안달할 필요는 없다. 취업하지 못했다면, 먼저 자신의 캐릭터와 콘텐츠를 만드는 것이 장기적으로 보았을 때 더 중요하다. 인생은 단거리 달리기가 아니고 마라톤이기 때문이다.

취업한 사람이라도 자신만의 캐릭터와 콘텐츠가 필요하다. 평생 직장의 개념이 무너졌기 때문이다. 권고사직이나 퇴사할 때를 대비해 항상 준비해야 한다. 자신만의 캐릭터, 콘텐츠를 구축한 사람은 무엇을 해도 성공할 수 있다.

내 인생의 사부님들

나는 사부님 부자이다. 오늘의 나를 있게 한 것은 많은 사부님 덕분이다.

2013년 1월 3일, '인생을 열심히 달려온 나에게 웃음이란 선물을 주자'라는 생각으로 서울의 한 힐링센터에 도착했다. 전국에서 약 70여 명이 강사가 되기 위해서, 나처럼 웃기 위해서 왔다. 그곳은 1층에서 4층까지가 모두 힐링센터였다.

매주 토요일 오후 1시부터 저녁 7시까지 시간별로 다른 강사가 강의했는데, 웃음 강사, 온갖 레크리에이션 강사, 인문학 강사 등 명강사들이 강의했다. 매주 유명 강사가 와서 자신의 장기와 열정을 쏟아붓고 갔다. 3개월 과정이었는데 서울, 경기, 대전 등 수도권에서 온 사람이 대부분이었고 지방에서 참석한 사람은 나 혼자였다. 울산에서 8시 KTX를 탔는데 11시가 되기 전에 그곳에 도착했다. 울산시를 벗어나는 일이 있으면, 약속 시간보다 1~2시간 먼저 도착하는 것이 내 시간 개념이다. 그 이유는 어디에 참여하든지 1등으로 도착하면, 그곳에 익숙해지는 시간을 가질 수 있고 그러면 편해지기 때문이다.

"시간을 사기 치지 마라."라고 나는 대학교 수업에 들어가면 제자들에게 늘 말한다. 늦게 가서 다른 사람의 시간을 뺏는 것은 사기 치는 것과 같다고 생각하기 때문이다. 똑같은 수강료를 내고 다니는데 1등으로 일찍 가면 내 교실의 지분이 많은 것 같고 지각하면 남의 교실 같고 내 지분이 작은 것 같이 느껴진다. 가능하면 일찍 가서 교실을 살피고 강사의 수업 준비를 돕기도 하면 무엇보다 먼저 내가 좋다. 또한 내가 가는 곳이 나로 인해 1%라도 발전되고 좋아지는 것이 좋은 것이라고 늘 생각했다. "썩지 않는 것이라면 미리 하는 것이 좋다"라고 늘 말한다. 힐링센터 수강생 70명 중 제일 멀리서 오는 내가, 제일 먼저 오는 사람이 되었다.

여기서 만난 분이 홍병식 사부님이다. 홍병식 사부님은 이 모임에서 수업 마지막 날 수료식 행사 사회를 보셨다. 70명을 4개 조로 나누어서 조장을 뽑는 것부터 레크리에이션을 접목해서 응용했다. 행사 내내 음향과 멘트를 조화롭게 잘 활용했다. 한두 번 한 솜씨가 아니었다. 조별로 선의의 경쟁을 벌이게끔 음악과 사회자의 멘트, 현장 구성을 잘 활용하여 70명 모두가 주인공이란 생각이 들도록 수료식 행사를 이끌었다. 그 행사는 내 인생에 제일 많이 웃고, 제일 많이 즐거운 시간이었다. 우리 조가 1등을 했는데, 내 안에 그렇게 맘껏 웃을 수 있는 내가 들어있다는 것을 발견한 시간이기도 했다. 웃다 보니 가슴속에서 나를 짓누르고 있던 무거운 돌하나가 쑥 빠져나간 듯해 시원함과 가뿐함을 느꼈다. 지금도 그때의 내 모습이 생생하다. '어느 장소로 인해, 누군가로 인해 이렇게 사람이 웃을 수 있고 마음속이 후련하고 시원하고 상쾌해질 수 있구나'하는 것을 느끼고 배웠다. '아! 나도 이러한 장소를 만들고 나도 이런 사람이 되면 좋겠구나, 나도 누군가에게 인생에 터닝 포인트가 되는 의미 있는 놀이터를 만들어야겠구나'라는 결심을 하게되었다.

그 행사 수료식을 잊지 못해서 홍병식 사부님을 찾아갔다. 시간 약속을 하고 갔더니 진짜 웃기는 친구라고 하면서 '한국 웃음 치료연구소'조정문 대표님을 소개해 주었다. 그리고 그분 또한 나의 사부님이 되었다. 조정문 대표님은 '엔터테인먼트 전문 MC 양성과정'이 있는데 참여해 보기를 권했다.

좋은 것이 있으면 일단 배우는 것이 나의 성향이다. 그리고 그 프로그램에서 차재민 사부님을 만났다. 그는 나에게 있어 사부님 하면 제일 먼저 떠오르는 사람이다. 차재민 사부님은'엔터테인먼트 전문 MC 양성과정'을 진두지휘했다. 그 프로그램에는 사회행사 시의 레크리에이션, 엔터테인먼트 등 여러 가지 이론 교육이 150시간, 사회행사를 진행하는 야외 실습 교육이 30시간 들어있었다. 6개월 교육과정에서 레크리에이션 강사와 웃음 강사, MBC 아나운서 등 다양한 강사를 만날 수 있었다. 그때 배운 것은 행사 전체를 볼 수 있어야 하고, 행사의 목적, 주최 측의 방향, 규모, 장소, 시간, 행사 도구와 인원 등, 실제 행사는 어떻게 진행해야 하는지 등 행사에 꼭 필요한 것들이었다.

현장실습으로 큰 운동장에서 사회를 보았고, 공원에서는 가요 행사, 무대 행사, 송년회, 기념사 등의 행사를 진행했다. 나는 행사 때마다 진행 과정과 참여한 사람의 반응을 살폈다. 차재민 사부님을 따라서 하기도 하고 처음부터 마무리까지 진행 과정을 내 느낌까지 더해 메모하고 원고를 쓰면서 배우는데 신이 났다.

그곳에서 배운 것을 필자가 운영하는 감성 스피치아카데미 행사 때 바로 적용했다. 각종 가요무대, 효 사관학교 졸업식, 청춘 대학교 졸업식, 송년회, 동창회, 야외 워크숍, 칠순, 팔순 잔치, 호텔 워크숍 단합대회, 돌잡이, 구청 한마음 행사, 창업 도우미 창업지원 행사, 울산대공원에서 3백여 명이 모인 행사의 사회를 맡기도 했다.

이후로 목소리 쩌렁쩌렁하고 재밌게 사회 본다는 소문이 나서 부산 창업 지원행사에 1부만 사회를 보는 걸로 하고 갔는데 사회 보는 걸 보고 주최 측에서 연예인까지 나오는 2부까지 사회를 봐달라고 해서 돈을 두 배나 두둑하게 받기도 했다. 심지어는 제자들의 주례사, 덕담사까지 몇 차례 하기도 했다.

그리고 울산지역의 가수와 MC를 소개해달라는 의뢰가 들어오면, 누군가의 프로필을 소개하면서 그 출연자의 장점을 자랑스럽게 소개하는 것이 내 적성에 맞았다. 지금은 'MC 유머 화법 이론과 실기 교육'을 하고 1급 자격증까지 발급하고 있다. 이렇게 되기까지 차재민 사부님 영향이 매우 크다.

현재 필자가 운영하는 감성 스피치 아카데미는 자격증 백여 개 이상을 발급하는 우리나라에서 으뜸가는 자격증 발급처 울산지회가 되었다. 그리고 스마트폰 활용, SNS, 마케팅 전문가, 유튜브 크리에이터, 1인 미디어 크리에이터, 개인정보 보호법, 스마트폰 중독 치료 등 현내를 살아가는 사람에게 꼭 필요한 자격증 과정도 있다. 이러한 시대적인 요구에 맞추어 새로운 정보와 새로운 강의 콘텐츠 자격증 과정을 계속 신설하고 있다.

나는 스승 부자다. 일일이 열거하기는 어렵지만 우선 생각나는 사람을 말해보면, 웃음지도사 과정에서 강영훈 힐링센터 원장님, 일본 유학 시절에 만난 장효빈 사부님과 사이리즘 원장님, 나를 대학교수가 되게 해 주신 춘해대학 김복용 학장님과 최영진 교수님, 울산대학교 송재철, 이명수 교수님, 예술대학 김희경 교수님, 여성신문사 대표님, 성공 팩토리 리더십 센터 최해숙 대표님, 글쓰기 이은대, 윤창영 작가님, 효 사관학교 홍순권 교장 선생님 등이 있다.

또한 차재민 사부님의 도움으로 행사 사회를 백 회 이상했고, 홍병식 사부님 덕분으로 보컬트레이닝 노래 교실을 8년 동안이나 이끌어오면서 수많은 노래 강사도 배출했다. 조정문, 조정호, 조정화 삼 남매와의 인연으로 여러 자격증 과정을 개설했다. 그것을 통해 많은 사람이 일자리를 갖게 되었다. 그리고 많은 사람의 행복한 성장을 돕고 있다는 것에 대해 큰 보람을 느낀다.

최고의 스승은 남편이다. 나에게 참을성을 배우게 한 일등 스승님이다. 두 번째 스승은 자식이며, 책임감을 가르쳐 준 최고의 스승이다. 세 번째 스승은 꼴통 직원이며, 자식보다 더 책임감과 모범의 실체를 보여줘야 하는 귀한 스승이다. 네 번째. 스승은 불평불만 많은 고객이며, 모든 것을 수용해야 하는 넓은 마음을 갖게 한 고마운 스승이다. 그 외 모든 수강생은 장점과 강점을 지닌 거대하고 무한한 잠재력을 가진 선생님이다. 내가 아는 모든 사람은 배울 게 있는 나의 스승이다.

나는 새벽에 모든 역사를 만든다

새벽을 너무너무 즐긴다. 새벽을 이용하지 않았다면 이렇게 1모 작 후 2모작 인생의 스피치 아카데미를 할 수 없었으리라. 24세부 터 자영업을 한 이후로 지금까지 새벽 4시에 눈을 뜬다.

이것은 나의 가장 소중한 루틴이다. 새벽, 세상이 아직 잠들어 있을 때, 혼자만의 절대 고독의 시간을 가질 수 있다. 그 시간에 산 을 오르며 통트는 하늘과 공기를 마신다. 아침 해가 떠오르는 것을 볼 때면 심장이 뛰고 설레며, 좋은 선물을 받는 느낌이 가슴에서 피어오른다. 눈이 부신 해를 보면 하루 작은 기적, 큰 기적이 일어 날 것 같은 기대감이 생긴다. 매일 좋은 기운을 받으며 삶의 활력 이 솟는다. 몸과 마음이 하루를 힘차게 살아갈 일용할 에너지를 얻 는다.

하루는 24시간이지만 나에겐 22시간이다. 새벽 두 시간은 오롯 이 나만을 위해 사용하는 시간이기 때문이다. 새벽에 하루를 설계 하며 책을 보고 글을 쓴다. 책을 보면 집중이 잘되어 의미가 선명 하게 머리에 들어오고, 글을 쓰면 매끄럽고 자연스럽게 잘 써진다. 새벽에 하는 명상은 내 인생에 종교이고 철학이 된다. 최고의 루틴 이다.

새벽에 일어나서 비가 오면 나는 감사한다. 오늘은 내 몸까지 적 셔주는 비 님이 내려주시니 빗방울 숫자만큼 많은 생각을 하고 미래 설계를 하게 된다. 남들은 비를 귀찮아할지 몰라도, 태화강이 잠길 정도로 많은 비가 내리는 것이 오히려 나에게는 뭔가 속 시원한 신나는 일이었다.

속으로 외쳤다. '비 님, 너 아무리 많이 와 봐라. 내가 운동 안 나가나 봐라. 당당히 비 님 너와 함께 촉촉한 길을 산책하리라.' 온몸이 머리끝에서 발끝까지 겉옷과 속옷까지 적셨다. 그러다 보니 종아리 쪽에는 빗물이 주룩주룩 흘러내렸다. 그렇게 한참을 걸으니 온몸이 시원하고 짜릿하게 전율했다. 어떤 통쾌한 것보다도 더 짜릿한 카타르시스를 느꼈다. 그날 그때의 기분, 그 전율의 느낌은 지금도 생생하게 내 세포 하나하나가 기억하고 있다. 그 후로 비 오는 날은 아주 좋아하는 날이 되었다. 그렇게 나를 초긍정으로 합리화시킨다.

30대는 아기들이 어려서 멀리 못 가고, 학교 운동장을 30바퀴 정도 걷고 뛰었다. 비가 오면 우산을 들고 30바퀴가 끝날 때까지 우산을 밑으로 내리지 않고 걸었다. 그러다 보니 팔과 다리에 강한 근육이 생겼다.

새벽에 일어나서 '오늘 어느 곳 어느 산을 갈까?' 생각하고 집을 나서는 것이 일상이다. 월 화 수 목 금 토 일 모두 음식 메뉴 선택하듯이 날짜에 따라 시간에 따라 날씨에 따라 그날 기분에 따라 가는 곳을 정한다. 남산, 정자 바다, 울산대공원, 다운동 목장 언덕,

진하해수욕장, 태화강 십리대숲, 무룡산, 무열왕릉, 주상절리, 수변 공원, 선바위, 방어진 울기등대, 슬도 방파제, 관성해수욕장, 강동해수욕장, 일광, 월광, 해운대, 경주 보문, 부산 금정산, 통도사 산기슭 소나무 향기, 문수산, 영남 알프스 9봉 등 울산 주변의 거의 모든 것이 내가 산책하는 곳이다. 이렇게 바다와 산, 강 등은 나의 자연 친구들이다. 다니다 보니 아무도 오지 않았을 법한 곳에 '이소희 강'이란 이름도 내 나름대로 지어놓은 곳도 있다. 삶에서 휘둘리고 겁나고 무섭고 할 때면 자연 친구들에게 찾아가서, 걷고 뛰고 호흡도 하고 기체조도 하면서 얘기도 하고 소리도 지르고 속에 있는 말도 쏟아낸다.

감사의 명상도 하고 오늘 첫 번째 만나는 사람의 이름을 부르면서 그 사람의 형상을 그리며 건강하고 행복한 성장을 돕는 응원의 명상을 한다. 다음은 이웃, 제자, 지인, 친구, 일가, 친지, 가족 그리고 마지막에는 나를 응원하는 명상을 한다. '나는 많이 부족하므로 지혜롭고 슬기롭고 현명한 생각으로 세상 속에 모든 사람에게 장점을 끌어내는 능력을 갖추게 해 달라'라고 명상한다. 모든 사람을 스승으로 생각하며 배우고 그들 덕분으로 나의 부족함을 채우는 겸손을 갖게 해 달라고 명상한다. 그리고 나의 경험과 경력을, 다른 사람의 행복한 성장을 돕는데 사용하게 해달라고 명상한다. 세상을 보다 살기 좋게, 단 1%라도 밝게 하는 데 사용하게 해 달라고 감사의 시크릿 리얼리티 트랜스핑 명상을 한다.

새벽은 나를 한 번도 실망하게 하지 않고 없어져 버리지도 않고 사라져 버리지 않고 언제나 그 자리 그곳에서 기다려주고 나를 찾아와 준다. 나는 새벽이 너무 좋다. 하늘 태양 구름 공기 바람 비 산 바다 강물 자연 친구들을 항상 만나게 해 준다.

나는 새벽이 좋다. 나는 새벽에 루틴을 실행한다. 3분 자기 사랑, 내가 좋은 이유를 외치며 스트레칭을 한다. 3분은 양치질을 한다. 3~6분 명상, 15분 국어, 글쓰기, 책 보기, 문자 공부, 15분 운동, 3분 감사의 명상, 3분 감사일지를 쓴다. 이렇게 새벽 루틴을 실행한 지가 약 40년 정도 된 것 같다.

새벽을 사랑하게 된 동기는 20대 중반에 삶의 경험 없이 너무 일찍 사업장의 경영자가 되고 보니 가족, 직원, 고객, 기술 부분, 경영 부분, 사람 관계, 세상 경험, 삶 자체가 너무 광활한 것이라 느꼈고, 나이가 어리고 경험이 많지 않다 보니 버거웠다. 가족에 대한 책임감에서, 직원 관리 등 겁이 많은 나를 잠 못 들게 했다. 고민으로 나를 혹사하면서 뭔가 끝없는 인생 항로를 걸어 나가려니 힘이 들어 실수도 많이 했다.

일단 몸이 견디게 하려면 건강해야 했고, 나와 관련된 모든 사람에게 감동을 주기 위해서는 운동을 해서 체력을 기르는 것이 답이라고 생각했다. '운동은 밥이다. 밥 먹듯이 하자'고 생각했다. 하지만 시간을 낼 수 없었다. 그래서 새벽 시간을 이용한 것이다.

지금 생각해 보면 내가 제일 잘한 것이 새벽 루틴이다. 그중에

운동과 명상이다. 지금은 제자나 수강생 중에는

"교수님은 언제나 잘 웃으시고 활기찬 에너지가 있어 보이는데, 어떻게 하면 교수님처럼 말도 잘하고 활기찬 생활을 할 수 있습니까?"

하고 묻는 사람이 있다.

"나처럼 개고생해 봐라."

라고 말하며 웃음으로 넘겨버리지만, 지금은 정식 등록된 수강생에게 이 루틴을 코치해주고 있다. 코치를 받은 수강생들은 심리적으로 안정되고 팔과 다리에 근력도 생겨나고 육체적으로 변화가 오니까 정신도 변화하여, 지나친 욕심도 내려놓게 되고 지나치게 들뜨지도 않아 편안함이 찾아오게 되었다고 고백하는 감사의 편지도 받는다. 모두 새벽을 좋아한 덕분이다. 새벽 루틴, 여러분도 실천해 보기 바란다. 결심하고 실행하자.

"인생은 안다가 아니고 한다다. 인생은 지금부터 행동이다."

이소희 스피치 십계명

감성 스피치 아카데미를 열면서 나름 원칙을 세웠다. 이 원칙은 나와 수강생 모두가 가져야 할 스피치 원칙이기도 하다. 소개하면 다음과 같다.

감성 스피치 아카데미 십계명

1. 나 이소희(○○○)는 좋은 사람이 된다.
2. 나 이소희(○○○)는 밝은 미소를 머금고 산다.
3. 나 이소희(○○○)는 책임 있는 사람이 된다.
4. 나 이소희(○○○)는 긍정적인 사람이 된다.
5. 나 이소희(○○○)는 나를 사랑하며 산다.
6. 나 이소희(○○○)는 성실한 신뢰감을 주며 산다.
7. 나 이소희(○○○)는 겸손할 줄 아는 사람이 된다.
8. 나 이소희(○○○)는 감사할 줄 아는 봉사자가 된다.
9. 나 이소희(○○○)는 은혜를 준 사람을 잊지 않는다.
10. 나 이소희(○○○)는 도전정신 + 당당정신 + 창조정신을 갖고 산다.

나 이소희(○○○)는 가르치기 위해 영원히 배우며 배우기 위해 영원히 노력하며, 나의 경력과 경험을 필요로 하는 곳에 증여하고 공헌한다. 나로 인해 주변을 좀 더 밝게 빛내며 웃으며 노래하며 인생길 + 소풍 길 + 축제하듯이 매 순간순간을 신나고 행복한 성장과 희망을 선택하며 후회 없는 삶을 살 것이다.

※(○○○)은 수강생 이름을 넣는다.

감성 스피치 십계명

1. 인생 비전 지도 기획서를 써라.

2. 가족, 친구, 지인, 주변을 원망하지 마라.

3. 그 사람 없는 데서 남의 말을 하지 마라.

4. 30분 전도 과거고 전설이다. 어제를 용서하라.

5. 돈거래 하지 마라. 증여하고 기부하라.

6. 나만의 독립 국가를 세워라.

7. 천박한 친구를 멀리하라.

8. 주변을 빛내는 사람이 돼라.

9. 용서의 의식을 반드시 실행하라.

10. 존경받고 신뢰받으려면 비밀을 지켜라

말은 그 사람의 마음의 알갱이고 사상이고 철학이고 사명이다.

행복한 삶에 사랑과 놀이에 있어 스피치는 필수고 핵심이고 저축이다. 고품격의 재미있는 인생을 위한 스피치는 자신감의 무기이다.

감성 스피치 철학과 사명

1. 원훈 : 좋은 생각 + 밝은 미소 + 책임 행동, 나는 할 수 있다.

2. 신조 : 초긍정 + 절대 긍정 + 완전 긍정 + 무한긍정 긍정이 4번이면 기적이 일어난다.

3. 믿음 : 나 이소희는 반드시 신나고 행복한 희망을 선택한다.

4. 창조 : 사람이 신대륙이다. 어디서 누구를 만나느냐에 따라 인생이 달라진다.

5. 목표 : 인생길 + 소풍 길 + 작품 길 + 축제의 길, 나의 경험, 경력을 필요로 하는 곳에 공헌하며 세상을 보다 밝게 만든다.

6. 감사 : 남을 탓하기 전에 내 가슴에 긍정의 스위치를 켜라.

7. 배움 : 인생은 영원한 배움의 학습장이다. 배우는 한 성장한다.

8. 나날의 할 일을 나만의 특권으로 즐겁게 하라.

9. 말을 예쁘게 진정성 있게 하라. 말하는 대로 운명이 된다.

10. 내 인생의 전성기는 지금부터 시작이다.

우주관 : '자아분석 + 자아개방 + 자아분화'로 이 세상 속에 소

중한 주연으로 자신감 있는 행복한 성장을 돕는다.

이소희의 미래 꿈

한 알의 씨앗은 아주 작은 것에 불과하지만, 하늘과 땅과 물과 공기와 햇빛과 밤과 낮과 대자연의 원칙 속에서 싹을 틔우고 새잎이 자라서 열매를 맺는다. 그러려면 시간이 흘러야 가능하다.

사회에서 힘을 얻어 시작에 서 있지만, 먼 훗날 커다란 열매를 볼 수 있는 큰 나무가 되는, 많은 이가 쉬어가고 힘이 되어줄 수 있는 진정한 아름다운 리더와 봉사자가 되고 싶다.

제6장

기억에 남는 강의

창업 노하우 노동부 강의

소상공인 회원으로 있을 때, 창업 도우미 센터장의 추천으로 노동부에서 창업에 대해 강의했다. 한 번 할 때마다 백 명이 넘는 인원이 모였다. 경력단절 및 폐업, 명예퇴직, 업종 전환을 계획하는 사람, 새롭게 창업할 사람 등 남녀노소 구분 없이 대상이 다양했다. 강의는 나이, 인원, 남녀 비율 등 듣는 사람의 구분이 되는 것이 효과적인데, 노동부 강의는 언제나 그 대상의 폭이 넓었다. 몇 번에 걸쳐 강의를 진행했는데, 특히 기억에 남는 강의가 있다.

그날의 강의 장소는 노동부 건물 9층이었다. 강의 장소가 울산인 경우는 언제나 현장을 사전 탐방했다. 탐방을 마치고 강의 계획을 마무리하여, 당일 현장에 40분 전에 도착했다. 현장에서는 센터장이 창업에 대해 여러 가지 설명을 하고 있었다.

현장을 살핀 후, 화장실에 가서 헤어스타일부터 전체 모습을 다시 한번 점검했다. 그리고 스폿 기법을 이미 준비해 왔지만, 그날 현장을 보고 어떻게 사용할 것인지 다시 한번 구상하고 점검했다. 센터장의 강의가 끝난 후 10분 쉬는 틈을 이용해 컴퓨터에 USB를 끼우고, 마이크 테스트를 하며 다시 한번 점검했다.

다음은 그날 강의한 내용이다.

백여 명이면 보통 3분단에서 5분단 정도 된다. 앞 좌석에 인상이 좋아 보이는 사람과 눈인사를 하며, 여기 온 사연과 이름을 물어둔다. 그런 행동은 분단마다 반드시 기운을 들뜨게 하는 역할을 한다. 낯선 곳에서 낯선 사람을 대상으로 강의할 때는, 처음 2초, 20초 2분 이내에 좌중을 사로잡아야 한다. 그러려면 가벼운 분위기로 공감할 수 있는 대답과 반응, 예스라는 대답을 반드시 3번 이상 말하게 하는 스킬이 아주 중요하다. 예를 들어 저를 처음 보신 분 손들어 보세요? 손을 많이 드는 사람, 안 드는 사람 어중간하게 있는 사람 등 다양한 모습과 움직임을 보인다. 문화상품권 또는 책이나 강사의 개인 홍보용 선물을 준비해서 가는 것도 중요하다.

그렇게 예스를 3번 이상 끌어내면서 모두가 공감할 수 있는 분위기를 만든다. 옆 짝지를 활용해서 누구나 간단히 할 수 있는 활동을 함으로써 마음 열기를 한다.

감성스피치는 인생을 바꾼다

"자 저를 따라 해 보세요. 옆 사람과 반갑게 인사하며 악수를 한번 해주세요. 네, 제 옆에 앉아주셔서 고맙습니다. 네, 인상이 참 좋으시네요. 서로 쳐다보면서 옆자리에 앉으신 분에게 칭찬 한두 가지하고 가겠습니다."

이렇게 되면 벌써

"어디서 왔어요? 몇 살이세요? 뭐 하다가 왔어요? 앞으로 뭐 하려고 하세요?"

하면서 시끌벅적거리며, 강의장 전체 분위기가 화기애애해진다. 그리고 딱딱한 분위기가 부드러워지고 마음이 열려 강의를 들을 수 있는 분위기가 조성된다. 그러면 다음으로 호기심을 자극하는 질문을 한다. 예를 들면

"여기 모인 모든 분들, 무엇을 어떻게 하면 좋을지 답답하죠? 직원 채용도 관리도 힘들죠? 어떻게 해야 돈을 많이 벌 수 있을지, 모두가 공통된 고민을 안고 오셨습니다."

이렇게 하면 약속이나 한 듯이 청중은 신지하게 집중한다. 이때 강사는 고생스러웠던 고비를 이겨 냈던 경험, 여러 가지 노하우를 효과적인 표현으로 잘 전달해야 한다.

"소상공인 사업자 등록증을 내어서 새로운 창업을 하려면 제일 먼저 해야 할 것이 무엇이라고 생각하십니까?"

질문을 던지면 보통 대답이 돈, 상가, 위치, 기술, 종업원, 품목 등으로 대답한다.

"네, 다 맞습니다. 그런데 특히 소상공인은 대표가 직접 다 이끌 어나가야 하므로 제일 먼저 품목 선택을 잘해야 합니다. 자기가 좋 아하는 품목을 선택해야 일이 즐거울 수가 있습니다. 일이 즐거워 야 오래 할 수가 있습니다. 오래 하면 잘할 수가 있고 잘하면 성공 할 수 있습니다."

이런 기본적인 원리와 과정은 누구나 잘 알고 있다. 필자가 소 상공인으로써 30년을 전문직에서 기술을 겸한 경영을 해 본 결과 첫째가 가족 간에 따뜻한 가족애다. 가족 간에 화합과 소통이 잘 되어야 마음속에서 힘이 솟고 행복한 의미의 웃음이 나온다. 특히 젊은 부부간에 서로 직업을 가지게 되면 집안일을 서로 나누어서 서로 도와야 함은 당연하다. 결과적으로 각자의 할 일을 맡아 스 스로 실천해야 한다. 부부간에 서로 이해하고 자녀를 서로 돌보고 의논하는 가족애가 너무나 중요하다.

생활을 위해 직업을 택해서 바쁘게 살다 보면 집안일이 쌓이 고, 누적되다 보면 분위기가 썰렁해짐이 잦아진다. 일 위주로 바쁘 다 보면 문제가 생긴다. 자녀가 성장하면서 갖추어야 할 바른 인성 을 형성할 시기와 공부할 시기를 놓쳐버리기 쉬우므로, 각별한 가족 시스템을 짜임새 있게 갖추어야 한다. 이 모든 것이 잘살기 위함이고, 자녀를 훌륭하게 키우기 위해 사업을 하기 때문이다. 가정이 안정되어야 소상공인은 사업에 열중할 수 있고 성공할 수 있다.

두 번째가 체력이다. 체력이 뒷받침되지 않으면, 돈이 나간다는 말이 있듯이 고객이 왔을 때 기운이 없으면, 고객은 즐겁지 않다고 느낀다. 서비스 교육을 매번 받았어도 체력이 안 되면 웃으며 진심으로 반기는 서비스가 묻어나질 않는다. 교육받는 청강생을 향해서 질문한다?

"언제부터 운동을 해오셨습니까? 무슨 운동을 일주일에 몇 번, 몇 시간을 하고 계시는가요? 현재 운동하지 않고 계신다면 운동부터 시작하세요. 하루는 24시간입니다. 2시간은 없다고 생각하고 무조건 운동할 시간을 만들어야 합니다. 그래야 기본 체력을 넘어 가족을 부양할 수 있고, 성공을 할 수 있는 길이 열립니다."

세 번째가 직원이다. 지원을 사람마다 각기 다르게 다양하게 표현한다. 필자는 직원을 내 분신으로 생각하게 된 계기가 있다. 적당하게 대해 주다 보니 적당한 때가 되니 더 좋은 조건을 찾아서 철새처럼 날아가 버렸다. 그러던 어느 날, 다리를 절룩거리며 한 명이 면접을 왔다. 면접을 오면 매니저와 다른 기존 직원이 대부분 인상이나 이미지의 느낌이 좋은 반응이 있어야 직원으로 채용하게 된다. 면접 온 사람은 4살 때부터 소아마비를 앓아서, 한쪽 다리가 매우 짧고 가늘어서 완전히 한쪽으로 기우뚱하며 절뚝거렸다. 그런 모습을 본 전 직원은 아니라고 했다. 이유인즉 종일 서 있는 직업이니 다리가 멀쩡해도 다리가 저리고 혈액순환이 안 되어 아픈데, 그런 상태로는 힘들어서 못 버틴다는 것이다. 평소 우리는 체력 단련을 위해 단체로 산에도 가고, 클럽 활동을 하며 다양한 스포츠를 체험하고 있었다. 또한, 자주 단합대회도 하고 회식 때 춤을 출 때도, 그 사람은 따라 할 수 없어 단합하는 데에 지장을 준다고 했다. 그 얘기를 듣고

"인연이 아닌가 봅니다, 잘 가세요."

라고 하며 보냈다. 불합격이라는 내 말의 의미를 전해 듣고는 실망한 채 문을 열고 나가는 모습이 짠해서 다시 불러 세웠다. 그리고는

"내일부터 출근하세요."

라고 나도 모르게 말을 뱉어버렸다.

"내일 9시부터 저녁 9시까지 근무시간입니다."

하니 활짝 웃었다. 그 모습이 얼마나 환했는지 꽃보다 예쁘다는 말이 딱 어울렸다. 출근하라는 말을 듣고 이렇게 말을 했다.

"14번째 방문한 면접입니다. 그전에는 저의 장애를 보고 다 안 된다고 했는데, 뽑아주셔서 감사합니다. 정말 열심히 하겠습니다."

하고는 다리를 절룩거리면서 걸어갔는데, 절룩거리는 모습이 꼭 신이 나서 춤을 추는 것처럼 보였다.

그러고 나서, 퇴근 전에 직원을 모아 놓고 말했다.

"4살 때 소아마비가 되어 절룩거리며 살아왔는데, 지금까지 얼마나 노력과 고민을 많이 했겠습니까. 여기에 면접 오기까지 14군데 면접을 보았답니다. 안된다고 해놓고 바로 불러서 출근하라고 한 이유는 분명합니다. 돈과 기술로 우리가 불우이웃을 돕기도 하는데, 저렇게 신체적 장애로 전문 분야에 도전한 그 사람의 정신력을 우리가 모두 배우면 좋겠다고 생각했습니다. 멀쩡한 신체가 얼마나 고마운 것인지도 느끼게도 해 줄 것이며, 장애인이 직업을 갖게 만드는 것이 진정한 봉사라 생각하고 결정했습니다."

나의 말에 아무도 불편하다고 이의제기하지 않았다.

"부작용과 불편한 점이 있을 시엔 내가 모든 책임을 다 지겠습니다. 일단 같이 일해보고 아니라고 판단될 때, 그때 다시 결정하겠습니다."

라고 말했다. 그 직원은 출근 시간보다 1시간 일찍 출근했다. 옷도 깨끗하게 잘 차려입고 메이크업도 정성 들여서 하고 출근했다. 말도 아주 싹싹하고 정이 흐르게 인사했는데, 특히 목소리와 미소가 최강이었다. 동료에게 먼저 다가갔고, 상대방이 거슬리지 않게 진심으로 대했다. 고객이 문 앞에 들어서면 절룩거리면서 제일 먼저 고객을 반갑게 맞이했다. 고객을 맞이하면서 지난번에 어떤 옷을 입고 왔는지 다 기억했고, 오늘은 이 옷을 입고 와서 잘 어울린다고 멘트를 하면서 맞이하는 센스까지 있었다. 그 직원으로 인해 우리는 모두 겸손함을 배웠다. 그리고 우리가 얼마나 건강의 소중함을 모르고 사는 지도 절실히 느끼게 되었다. 개인적으로는 신체가 부자유스럽다고 해서 굴절된 인성이 아니라는 것도 깨닫게 해준 스승이었다.

그 직원은 6년 동안 정기적으로 병원에 가는 것 외에는 결근, 지각을 하지 않았고 단골손님이 많아져서 자기 몫은 충분히 해내었다. 본인이 충분히 자신감을 가질 때까지 열심히 했고, 이후 독립하여 지금도 유명세를 날리며 성업 중이다. 그 직원을 통해 직원은 스승이고 내 분신이라는 생각을 하게 된 것이다.

대표를 가르치는 직원이 있고, 이끌어주는 직원이 있기도 하다. 사업자는 직원을 고객으로 진심으로 대하고 함께할 때, 오랫동안 함께 할 수 있다. 직원이 돈을 벌게 해주는 최고의 내부고객이다. 창업하기 전에 내부고객, 가족의 화합과 소통, 체력유지, 전문성, 서비스 정신, 직원은 나의 분신이라는 가치를 가질 때, 외부고객이 늘며 성장을 가능하게 한다.

열띤 강의만큼 호응도도 아주 좋았다. 그리고 참석자로부터 많은 도움이 되었다는 말을 많이 들었다. 그런 말을 들었을 때 강의를 한 보람을 느꼈다. 강의 준비와 강의하는 과정은 쉽지 않지만,

감성스피치는 인생을 바꾼다

강의 후 좋은 반응을 얻었을 때의 성취감은 무엇에 비할 수가 없을 만큼 크다. 이 강의를 계기로 소상공인 창업 센터에서 다양한 사람을 대상으로 한 강의 요청을 많이 받았다. 다음은 소상공인 센터 장님의 요청으로 출소를 앞둔 재소자를 대상으로 한 강의이다.

교도소 출소 앞둔 재소자를 상대로 한 강의

어느 날, 소상공인 창업 노하우 센터장으로부터 전화가 왔다. 출소를 앞둔 재소자를 상대로, 사회에 적응하는 데 도움이 되는 강의를 해달라고 했다. 교도소 강의 시는 일반 사회와는 다른 특별한 주의 사항이 있다. 교도소에 갈 때는 재소자에게 줄 빵과 우유 등의 간식을 사서 간다. 우유를 가지고 갈 때 유리병에 든 우유는 안 된다. 반드시 종이로 만들어진 팩이어야 한다. 유리병일 경우 무기가 될 수도 있어 위험히기 때문이다. 강의할 대상인 재소자가 34명이라고 했다. 단골 가게인 이성호 제과점에서 단팥빵을 여유 있게 40개를 샀다. 오전 10시부터 강의라 집에서 9시에 출발했다. 교도소 도착하니 9시 30분이었다. 도착해서 담당자에게 연락하니 문 앞까지 마중을 나왔다. 사회의 일반강의 갔을 때와는 매우 달랐다. 열쇠 꾸러미를 들고나왔다. 문을 들어설 때마다 열쇠로 열거나 비밀번호를 누르면, 스르르 드르륵 하는 소리가 났다. 몇 개의 문을 통과하니, 중간 대기실 같은 곳에서 교도관 제복을 입은 직원으로부터 신분증을 제시하라는 요청을 받았다. 주민등록증을 내보이고 확인을 받은 후에 가져간 휴대폰을 비롯한 소지품은 보관함에 맡겼다.

입구에서부터 특별했고 모든 절차 또한 특별했다. 필자는 오래전 미용 단체에서 회장단원과 교도소에 헤어 봉사를 하러 간 경험이 있었다. 처음 오는 사람은 분위기와 절차에 주눅이 들 수도 있겠다고 생각했다. 오래전에 헤어 봉사를 처음 왔을 때는 열쇠 꾸러미로 문을 하나씩 열고 통과할 때마다 가슴이 철렁철렁 내려앉는 것 같았다. 하지만 그 경험 때문에 긴장을 많이 하지 않았다.

교육용 USB만 갖고 들어갔다. 들어가니 강의에 참석한 모든 사람이 가슴에 번호가 매겨져 있는 회색 죄수복을 입고 있었다. 또한, 강사를 쳐다보는 눈도 환영하는 것 같지 않았다. 뭔가 하나의 의식을 치르기 위해 억지로 앉아 있는 부자연스러운 모습이었다. 그 모습을 보면서 '나는 잘할 수 있다. 사람은 다 똑같다. 강사로서 편견 된 생각을 하면 안 되지, 똑같은 청강생이다. 다만 특별한 장소, 특별한 사연이 있으므로 더 진정성 있게 임해야 한다.' 하고 마음을 가다듬었다.

인생은 영원한 배움의 학습장이라는 주제로 다음과 같은 강의를 했다.

"여기 모이신 여러분께서는 저보다 더 인생 경험이 많으신 분들이십니다. 부족하나마 소상공인 컨설팅 강사로서 여러분과 함께하는 이 시간을 귀하게 생각하고, 좋은 시간이 될 수 있도록 정성을 다하겠습니다."

라며 먼저 인사했다. 그리고 나서 마음 열기 유머로 강의를 시작했다.

"한 목사가 새로운 교회에 부임해 가는 중에 길을 몰라 지나가던 학생을 불렀어요. 여보게 학생, 남 교회 가는 길이 어디예요?"

하고 묻자

"학생이 절로 가세요."

하며 손으로 가리켰다. 그래도 잘 몰라 자세히 알려달라고 부탁을 했다. 그러자 학생은 자신을 따라오라며 앞장서더니, 모퉁이 돌고 사거리 돌아 교회 앞에까지 데려다주었다. 그러자 목사가 고마워서 학생에게

"행복하게 사는 길과 죽어서도 천국 가는 길을 나에게 오면 가르쳐 주겠으니, 살면서 힘들 땐 나를 찾아오게."

라고 말하자. 학생이

"흥, 교회 가는 길도 모르면서 천국 가는 길 안다고 뻥 치고 있

네. 사기 치지 마세요."

라고 말하는 것이었다. 이렇게 유머로 마음을 연 후 강의를 시작했다.

대학 강의할 때 학생에게 인생 기획서를 써오는 숙제를 내주었다. 김태현이라는 학생이 자기는 150세까지 사는 기획서를 작성해 왔다. 비록 150세까지 살지는 못하더라도 평균 수명이 길어진 것만은 사실이다. 예전 조선 시대의 평균 수명은 40세 내외였다. 하지만 현대는 80세가 넘는다. 20살까지는 부모가 만들어 준 1모작이다. 2모작은 나와 배우자 자식이 주어져서 만드는 시기다. 3모작 인생은 50대 후반 60대에 들어서는 시기라 할 수 있다. 그런데 현대는 4모작, 5모작까지 이어지는 수명이 긴 시대에 산다.

인류가 발명한 도구 중에 가장 위대한 것 다섯 가지가 있다. 그중 수명연장에 가장 이바지한 도구가 칫솔이다. 칫솔은 치아를 튼튼하게 하여 몸을 건강하게 만들었다. 그다음 냉장고이다. 음식을 저장하여 식중독 예방과 청결을 가능하게 했다. 세 번째가 큰 건물을 지을 때 사용하는 철골빔이다. 이것은 인간의 주거를 안정되게 했으며, 철도 연결에 이용됨으로 교통을 편리하게 했다. 네 번째는 페니실린이다. 이 약을 발명함으로 세균과 곰팡이로 인해 발생하는 질병으로부터 생명을 지킬 수 있게 되었다. 다섯 번째 지퍼다. 지퍼는 의식주 중에 옷 문제를 해결해 주었고, 패션도 완성해

감성스피치는 인생을 바꾼다

주었다. 그밖에 다른 것이 있다면 목욕, 운동, 걷기, 등산 등을 말할 수 있다.

이런 위대한 발명으로 하여 수명이 연장되었다. 여기 모인 사람은 모두 출소를 앞둔 것으로 안다. 3모작을 시작하는 사람도 있을 것이며, 4모작, 5모작을 시작하는 사람도 있을 것이다. 어쨌든 지난 과거는 깨끗하게 털어버리기를 바라며, 새로운 마음으로 새로운 삶을 시작하기를 바란다고 말했다. 그리고 그에 도움이 될 만한 몇 가지를 말했다.

1. 이기려 하면 안 될 다섯 가지

첫째. 남편은 아내, 아내는 남편을 이기려 하지 마라.

둘째, 자식을 이기려고 기 죽이지 마라.

셋째, 국가 권력과 싸워 이기려 마라.

넷째, 언론을 이기려 하지 마라.

다섯째, 하늘을 이기려 하지 마라.

2. 반드시 싸워 이겨야 할 다섯 가지

첫째, 질병과 싸워서 반드시 이겨라.

둘째, 가난과 싸워서 반드시 이겨라.

셋째, 무지와 싸워서 반드시 이겨라.

넷째, 질투하는 마음과 싸워 반드시 이겨라.

다섯째, 자기 자신과 싸워서 반드시 이겨라.

3. 꼭 해야 할 것은 용서다

용서는 먼저 자신을 귀하게 생각하는 데서 시작한다. 자신을 먼저 용서하라. 자신이 귀한 만큼 다른 사람도 귀하게 섬겨라. 복수는 다른 사람보다는 먼저 자신을 해치게 된다. 용서는 복수보다 훨씬 나은 선택이다.

4. 비난하지 마라

비난은 헛된 기대에서 비롯된다는 것을 깨달아야 한다. 비난은 결국 아무런 효과도 내지 못한다. 남을 탓하면 결국 자신을 희생자로 만든다.

5. "껄껄껄" 하지 않는 인생을 살아라

사람이 죽을 때 "껄껄껄" 하면서 후회하면서 죽는다. 아인슈타인은 엄청난 업적을 남겼다. 하지만 죽을 때 좀 더 재미있게 살았으면 좋았을 껄이라 했다 한다.

　많이 웃을 껄

　많이 베풀 껄

　많이 즐길 껄

　좀 더 빨리 용서할 껄

　이라며 후회하는 인생을 살지 말기를.

　마지막으로 숙제를 내며, 긍정에 관한 내용으로 강의를 마무리했다.

　"노트나 A4용지에 생각나는 낱말을 3장에서 5장 써보세요. 다음에 저를 만나고 싶으신 분은 찾아오시면 긍정 플러스 클리닉을 해드리겠습니다. 교도소에서 강의를 들은 번호 몇 번인데요, 라고 말씀하시거나, 아니면 몇 월 며칠 교도소에서 교육받은 누군데요. 하면 됩니다. 찾아오시기 어려우면, 지금 숙제로 내드린 낱말 적기에 적힌 단어를 보십시오. 자신이 어떤 말을 좋아하며 사용하고 있는지, 그 속에 다 있습니다. 자신의 성품, 인성, 현재 심경이 들어있을 것입니다.

　그리고 앞으로는 기분 좋아지는 긍정의 말을 많이 하시길 바랍니다. 감사, 행복, 사랑, 평화, 믿음, 희망, 용기, 새싹, 미소, 웃음, 칭찬, 겸손, 배려, 성실, 진실, 위로, 만족, 존경, 공경, 인정, 성공, 봉사,

고마움, 반가움, 보고 싶다, 만나고 싶다. 그 외에도 긍정의 낱말이 많이 있습니다. 끝까지 좋은 눈빛 표정으로 경청해 주신 여러분께 감사드리며, 긍정이 함께 하시길 바랍니다. 지금까지 밝을 소 기쁠 희 이소희였습니다. 감사합니다."

강의할 대상은 다양하다. 어떤 대상이든, 그에 맞는 내용으로 준비하면 강사에게나, 강의를 듣는 청자 모두에게 도움이 된다. 강의 내용을 예로 드는 이유는 이 글을 읽는 독자가 만약 강의를 준비하는 사람이라면, 이 스토리는 도움이 될 것이다. 이론으로 설명할 수도 있지만, 필자의 체험을 들려주므로 자연스럽게 강의에 임하는 자세와 분위기, 강의하는 내용 등을 독자가 무의식중에 느낄 수 있게 될 것이다.

꿈파쇼(꿈을 파는 강연 쇼) 영웅 39호 이소희

이렇게 귀한 자리에 서게 해 주시고, 저를 영웅으로 추천해 주신 제 지인분들과 매월 꿈파쇼를 찾아주신 여러분과 꿈파쇼 프로그램을 기획하고 진행하시는 최해숙 대표님에게 많이 배우며 감사드립니다.

감성스피치는 인생을 바꾼다

오늘 강연의 주제가 '꿈파쇼에 오신 분들에게 힘이 되는 말'이라고 하네요. 그런데 여기에 서니 제가 오히려 힘을 얻게 됩니다. 여러분 감사합니다.

이 세상은 커다란 슈퍼마켓과 같습니다. 내가 만든 것보다 이미 만들어진 것이 더 많습니다. 하지만 내가 어디를 가고, 무엇을 선택해서 살 것인지 하는 선택은 내가 하는 것입니다. 무엇을 선택하느냐에 따라 인생의 가치가 결정되는 것은 당연하겠죠.

저는 스피치 아카데미 원장입니다. 제가 하는 일은 사람이 말을 잘할 수 있도록 도와주는 것입니다. 저는 스피치가 제 적성에 맞으며, 저를 찾아온 사람이 말을 잘하게, 긍정적인 생각을 하게 하는 것에서 보람을 느끼며 삶의 가치를 찾습니다. 한 마디로 제가 선택한 것이 스피치이며 그것이 제 인생의 가치를 결정해 준다고 생각합니다. 그리고 스피치를 선택한 것에 후회가 없으며, 그것이 저를 좋은 삶을 살도록 해 준다고 생각합니다.

말은 그 사람의 마음의 알갱이라고 합니다. 생각이 빈곤하면 말이 빈곤합니다. 말이 곧 그 사람의 마음 밭이고 인생입니다.

세상에서 바꿀 수 없는 상황은 존재하지 않습니다. 이제까지 자신의 인생에서 보람을 느끼지 못했다면, 자신의 인생을 리모델링해 보시기 바랍니다. 새롭게 재미있는 인생으로 디자인해 보시기 바랍니다.

저에게도 힘든 시기가 있었습니다. 보이는 제 모습과 같이 옛날 사람인지라 남편과 손목도 안 잡아보고 중매로 결혼해서 연년생으로 아이를 낳았습니다. 가정 사정이 좋지 않아 한 치 앞도 보이지 않을 때가 있었습니다. 죽고 싶다는 생각이 들 정도로 힘이 들었습니다. 죽으면 가는 곳이 어디죠? 공동묘지입니다.

어느 비가 몹시 오던 날 밤, 공동묘지를 찾아갔습니다. 어찌나 무섭던지 걸음아 나 살려라 하고 정신없이 집으로 도망을 왔습니다. 그날 잠을 자니 꿈속에서 빨간 우산에 장화를 신은 귀신이 나타났습니다. 정말 무서웠습니다.

햇빛이 밝은 낮에 다시 공동묘지를 찾아갔습니다. 공동묘지는 온통 새파란 잔디와 묘지마다 꽃들로 장식되어 있었습니다. 그중에 나보다 훨씬 젊은 한 여성이 교통사고를 당해 이미 그곳에 묻혀 있었습니다. 그것을 보고 비 오는 날의 무서움이 스쳐 가며, 앞으로의 내 인생은 덤으로 산다고 생각하게 되었습니다. 그러자 어려운 환경을 극복할 힘이 생겨났습니다. 그날 저는 제 인생을 리모델링해야겠다고 마음먹었습니다. 그리고 삶을 다시 디자인하기 시작했죠. 그래서 오늘의 제가 여기 서게 된 것입니다.

인생 디자인의 시작은 사람과의 좋은 인연을 만드는 것에서 출발한다고 생각합니다. 여기 계신 여러분 저를 따라 해 보세요.

"자기 자신! 자기 자신! 자신! 자신! 자신! 신! 신! 신!, 고로 우리는 모두 나만의 독립적인 우주관을 가진 소중한 신이다."

감성스피치는 인생을 바꾼다

귀하지 않은 사람은 없습니다. 나를 귀하게 여기고 나를 바로 세울 때, 내가 바로 서야 자식이 바로 서고 가족이 바로 서고 이웃, 사회, 나라, 세계가 바로 선다고 생각하는 것이 삶이 진리입니다.

인생을 흔히 여행에 비유합니다. 스스로 자신에게 감동하는 삶을 살 때 자아 성취라는 역에 도착할 수 있습니다. '사람이 자연이고 신대륙이다.'라고 저는 늘 얘기합니다. 꿈파쇼를 인연으로 여기 모이신 신대륙과도 같은 여러분의 힘으로 시민 영웅도 탄생하고 꿈을 발견하고 꿈을 이룰 수 있는 다양한 멘토들을 만날 수 있습니다. 꿈파쇼의 현장 이곳이 가슴 뛰는 삶을 발견하고 싶다는 신대륙 발견의 현장인 것 같습니다.

내가 소중한 만큼 주변 사람들이 멋진 신대륙이라고 생각하면 그 속에는 소중한 인연을 만날 수 있으며, 내가 남을 빛내주는 만큼 다른 사람도 나를 귀하게 만들어 줄 것입니다.

우리 꿈파쇼 대표님이자 '상처도 스펙이다.' 베스트셀러의 작가이신 최해숙 대표님이 일당백인 것 다 알고 계시죠? 여기 모인 시민 영웅님, 옆에 계시는 분 또한 미래의 영웅님입니다. 그냥 지나치지 마시고 '신대륙 발견'이라는 소중한 만남으로 좋은 인연으로 만들어 가시기 바랍니다. 좋은 인연이 좋은 인생으로 자신을 디자인하는 첫걸음이라는 사실을 명심해 주시기 바랍니다.

감사합니다.

나는 디자이너다. 디자인이라 하여 꼭 눈으로 볼 수 있는 것만을 의미하지 않는다. 생각해 보면 젊은 시절에는 헤어디자이너를 했다. 사람의 외모 디자인을 한 것을 의미한다. 스피치 교육원을 운영하면서부터는 생각(마인드)과 말을 디자인했다. 마인드는 내면을 의미하며 말은 내면과 외모의 통로이다. 그렇기에 외모와 내면과 그 중간을 모두 디자인하는 디자이너라는 생각을 하게 된 것이다.

현대는 디자인 시대라는 말을 많이 한다. 좋은 디자인의 상품이 팔리고 외모와 내면이 모두 잘 디자인된 사람이 성공하게 되는 것을 의미한다. 나의 삶을 되돌아보면 난 다른 사람의 내면과 외면 모두를 디자인하는 삶을 살았다. 다르게 표현하면 남을 디자인함으로써 내 인생을 디자인한 것이 된다.

살아오면서 많은 변화를 겪었다. 그 변화의 지점에는 성공도 있었지만, 실패로 인한 배움도 있었다. 그러한 성공과 실패는 나에게 새로운 길을 만들어 주었다. 그 길은 누군가에게는 미리 알았더라면 더 좋은 인생길을 갈 수도 있는 길이라는 생각이 들었다. 나는 다른 분야에 대해서는 잘 모른다. 하지만 헤어와 스피치에 대해서는 전문가다. 내가 알고 있는 것을 이야기함으로 누군가는 더 좋은 길을 선택할 수 있다면 얼마나 가치가 있을까? 하는 생각에서 이 책을 썼다.

스피치를 했기에 말의 중요성이 얼마나 큰 것인가를 누구보다 잘 알게 되었다. 지금 독자의 스피치 현실에서 조금만 더 +@를 가진다면 그만큼 더 좋은 인생을 살 수 있다는 것을 말하고 싶다. 이 책을 읽는 독자 중에는 말을 잘 못 하는 사람도 있을 것이고 말을 잘하는 사람도 있을 것이다. 그런 것들과 상관없이 이 책을 읽는 독자에게 자신의 스피치에 +@를 제공할 것이란 사실을 믿어 의심치 않는다.

이 책은 그런 의미 외에도 내 인생을 정리하는 의미도 지닌다. 책을 쓴다는 것은 그때까지 살아온 삶을 마무리한다는 의미가 있다. 그런데 마무리라는 말속에는 새로운 출발이라는 큰 의미가 들어있다. 독자도 이 책을 통해 스피치의 세계를 경험하겠지만, 필자도 이 책을 통해 새로운 것을 배우게 될 것이다. 왜냐면 직접 피부를 통해 배우는 것이 가장 큰 배움이며, 이 책에는 필자 자신의 경험이 농축되어 있기 때문이다. 이 책은 나의 경험에서 나온 것을 정리했기에, 앞으로 살아갈 내 인생에도 큰 지침서가 되는 것이다.

이 책을 뿌리로 하여 난 앞으로 다가올 미래를 새롭게 디자인할 것이다.

마지막으로 책이 나올 수 있게 도움을 주신 프로방스 출판사와 기획에 참여해 주신 윤창영 작가에게도 감사의 말을 전한다.

2023년 2월 이소희